ロンドン日記　突然ときれた記憶

田口哲也

思潮社

目次

装幀＝中島 浩

ロンドン日記

1　パリのセックス・ピストルズ

一九九六年の夏のことである。セックス・ピストルズが再結成されるのではないかという、その年の春の噂が現実のものとなり、イギリスのメディアはこのニュースで持ちきりであった。当時コベントリーという、自動車産業発祥の地として有名なイギリス中部の工業都市の近郊に住んでいた私は、たまたま手にした音楽雑誌の広告にパリでのコンサートへのバスツアーがあるのを発見した。すぐさまこのツアーを企画しているピーターバラの旅行会社に電話をする。バスはスコットランドを出発し、徐々に南下して、ロンドンを経由し、ドーバーで最後の客を拾って、海を渡るとのことだった。電話に出た若い男の強烈な労働者階級アクセントの英語を耳に残したまま、私は早速旅行準備にとりかかった。

バスがコベントリーに着くのは何と深夜の三時。場所は町外れのホテルの駐車場である。仮眠を取ったあと、黒塗りのオースチンのタクシーで旅行業者に指定された場所に向かう。運転手はピアスに顎鬚を蓄えた、ちょっと目にはドラッグ・ディーラーにも見える三十男だ。「こんな時間にどこに行くのだ」と聞くので、パリのピストルズのギグに行くのだと答えると、とてもうらやましがっている。彼はティーンエイジャーの時にパンク・バンドをやっていて、酔っぱらってライブ会場であるパブの壁を拳で突き破ったことがあるという。なんだかすでに変なノリである。

夏でもイギリスの夜は結構肌寒い。人っ子ひとりいない、だだっ広いだけのホテルの駐車場を行ったり来たりしてバスを待っていると、オンボロのトラックに乗った三人組が現れた。鼻と耳にピアスをしたモヒカンヘアーの男、黒い皮ジャン姿の典型的なパンク野郎ふたりが車の窓から身をのり出して質問を飛ばしてくる。彼らもパリに行くのだそうだ。なんでもウルバーハンプトン(バーミンガムから少し北にある工業都市)から来たそうである。三人ともラガービールをラッパ飲みしているが、皮ジャン姿のうち痩せたほうはすでに目がとろんとしている。このアホどもと一緒に行くのかとほっとすると、向こうも同じようにこの変な日本人と一緒に行くのだと安心したようである。

それから三十分は待ったろうか。ようやくバスが来る。二階建てのデラックスなやつだ。ウルバーハンプトンからの三人組と一緒に二階にあがる。パリではピストルズだけでなくニール・ヤングのコンサートもあって、ニール・ヤングのファンは一階のほうに集まっているようだ。車内の電気は消してあり、すでに半分以上の席は埋まっている。みんな静かに眠っているようで、痩せた皮ジャン男は、「ちぇ、しけてるな」と言いながら仲間とともに最前列に向かう。私は真ん中あたりに席を見つけた。

　バスは途中何カ所かで留まり、少しずつ客を拾っていく。ロンドンに着いた頃にはすっかり朝になっていた。ロンドンからの客はさすがに多い。どやどやと乗り込んでくる連中はなかなか元気だ。バスの中がたちまち活気づく。ウェールズから来た連中が特に賑やかだ。寝ていた連中も起き出して、缶ビールを飲み始める。ラガーだ。最前席に陣取っているウルバーハンプトンの三人組が私に向かってお前も前に来いという。ベルギー製の缶ビールを呷り始める。かなりのピッチである。あっという間に三本飲み干す。車内を見回すと、みんな動き回ってビールやウイスキーをラッパ飲みしている。ピアス、スキンヘッド、タットゥー、モヒカン姿が目立つ。ちょっと休もうと、三人組から離れて空いている席に座り込む。もらった四本目のラガーを隣の席の男に勧めるが、その男は酒はやらないという。金髪を背中まで垂らしたヒッピー風だが、ピストルズに驚くほど詳しい。特にヨーロッパでのギグに詳しく、延々と講釈が続く。スウェーデンのギグが最高で、海賊版のビデオがあるので興味があるならコピーを送ろうと言う。

　さて、バスはドーバーに着き、最後の客（と言ってもたった二人だが）が乗り込んでくる。車内はすでに大パーティーの真っ最中で、この二人はすっかり面食らい、比較的おとなしい一階のニール・ヤングファンの中に隠れる。フェリーにバスごと乗り込む前にパスポートチェックがあったが、運転手が「バスに乗っているのはみんなイギリス人だ」と言ってそれでチョン。実は私が日本人であることは知っていたが、面倒なのでそう言ったと後で教えてくれた。パンクのアホを大勢積んでいるのだが、まったく平気なのは、さすがにイギリス人である。

船の中ではパンクのファッションはさすがに目立つ。家族連れや老夫婦の観光客は不安げに私たちを見ている。ウルバーハンプトンの連中としばらく一緒に行動する。トラックを運転していた、鼻にピアスを通した男はチェックのズボンにあちこちを破いたジャケットを着ていて、かつてのジョニー・ロットン風だ。ケヴィンと呼ぶことにする。ケヴィンの話では、彼ら三人は地元でパンクのバンドをやっているという。ジョニー・ロットンを信奉していて、ちょうど出たばかりの彼の伝記の話をすると、毎晩バイブルのように読んでいるという。あとの二人だが、二人ともシド・ヴィシャスのようなイメージ。ただ、一人はかなり大型で、体格からいくと彼の方がシドに近いのだが、アホさ加減からいくともう一人のほうがリアルなので、みんなはこちらのほうをシドニーと呼んでいた。

船内の免税店がオープンしたというアナウンスとともに、パンク野郎たちは一斉に免税店に進む。何を買うのかと思ったら、ほとんど全員が二十缶入りのラガーの箱を抱えている。とにかく飲んで喋っての繰り返しだ。ウェールズから来たマイクという男と親しくなる。なんとなく親しくなったのだが、それは多分タバコをひっきりなしに吸っているのが彼と私だけだったたからだろう。それと、マイクの髪は普通だし服装もジャンパー姿で、どこから見てもパンクに見えない。しかし目つきとか、行動とか、考え方とかは間違いなくパンクっぽい。とにかく周りに全然合わせようとしない。マイクとビールを飲みながらピストルズの話をした。今回のピストルズの各地でのツアーはすべて行くそうだ。海賊版のテープとか、ファンジン（ファン雑誌）とか、大量の資料を持っていて、ちょっとした評論家だ。すでに今回のピストルズのロンドンでのギグの海賊版が出ているそうだ。

一体ビールを何本飲んだろうか。まったく何も食べず、ただビールだけ飲んでいる。気分が高揚してきたところで下船。バスはフランス領内を走る。運転手がマイクから渡された海賊版のロンドンのギグのライブテープをカーステレオから流し始める。「ジョニーおじさんのガーデン・パーティにようこそ。いいかい、始めるぞー」というロットンことライドンの声とともに「ボディー」が流れ始めると、バスの中はもう大騒ぎだ。喚いてはビールを呷り、ビールを呷っては喚くの繰り返し。ほとんどサッカーのフーリガンのノリだ。

ほどなくバスは停車。巨大な免税店の前だ。まぶしい陽光の中、足どりのおぼつかないパンク野郎たちはいざ免税店へ。買うものは決まっている。ラガーだ。でっかい箱をしこたま買い込む。店の外に出てひっくりかえっていると長髪のヒッピー風の男と、短髪で、白いジャケットを着たジャーナリスト風の男二人が近づいてきた。イギリスでは結構発行部数の多い男性ファッション雑誌「アリーナ」の記者とカメラマンで、今回のツアーに同行して記事を書くのだそうだ。ケヴィンやシドニーたちの写真を撮り始めると、ケヴィンがこいつの写真も撮れと言って私のほうを指さす。インタビューを受けるが、日本でもパンクの影響が大きいことに関心を持っているようだ。

さて、それからはパリへ向けてバスはまっしぐらと言いたいところだが、なにしろ三十人近い人間が延々とビールを飲んでいるのだから、車内のトイレのドアがひっきりなしに開かれることになる。トイレのタンクはたちまち満杯になり、今にも便器から尿が溢れんばかりだ。「アリーナ」のカメラマンが、「これはマジでやばいぜ」とバスの運転手に喚いている。

しかし、爆発寸前でバスは無事にパリに到着。会場はパリの中心部から遠く離れたところにあった。ギグが始まるまでまだ五時間はある。ケヴィンやシドニーたちに何をしたいか訊ねると、彼らは私にシド・ヴィシャスゆかりのホテルなどいくつかのアドレスのメモを見せた。その前に会場を下見しておこうと言うので、通りすがりの二人連れのパリジャンに話しかける。彼女たちは、缶に残った液体をそこいらにまき散らしているイギリスのパンク野郎の姿をもの珍しそうに見つめている。ケヴィンたちはフランス語ができない。女の子たちも英語がぜんぜんダメである。映画『ロックンロール・スインドル』の中でアコーディオンを伴奏にしたシャンソン風の「アナーキー」が歌われているが、ケヴィンはその歌詞を暗記していて、意味もなくそのフランス語を並べ立てている。私があまり流暢ではないフランス語で女の子たちと話していると、ケヴィンが「お前フランス語ができるのか」と信じられないような顔をする。実はパリで真っ先に行きたいところがある。彼女たちに訊いてくれという。どこだと訊くと、「パブだ」と一言。パブの場所を聞き出すと、女の子たちへの挨拶もそこそこに全員がほぼ全力疾走で私の指さすパブの方向に駆け出していった。

私も走ったが、なにしろ相当量のアルコールが入っているのでそんなに長くは走れない。一緒についてきたスコットランド人の男を引き留め、彼と一緒にしばらくパリの町を歩く。ところが驚くほど長身で、驚くほど痩せているこの男の英語は相当きついスコットランド訛りで、フランス語以上に訳がわからない。それで何かの拍子に私の英語を誤解して、彼もまるで風のようにパリの町の中へ駆け出していった。

ひとりきりになって街路樹の綺麗なパリの通りを歩いていると、なんと地下鉄の出口からケヴィンたちがのっと現れた。まだパブを探していると言う。それではということで、手近な少しポッシュなカフェの中に入る。シモーネ・シニョレを少し美人にしたような上品な中年の女性が「ボンジュール」と出迎えるが、彼女はケヴィンたちの姿を見て肝を潰している。まだ時間が早いのでアルコールは出せないとあっさり断られる。ケヴィンは「フランスは外国だなあ」と妙に感心している。

早々に店を出て、ギグの会場のほうに向かっていると、バスで一緒だった連中がいるわいるわ、すでに大衆向けのカフェの一部を占領してグラスでラガーを喉に運んでいる。ケヴィンたちは歓声を上げて彼らと合流し、道端に座り込む。私はウェールズ人のマイクの姿を見つけて彼のもとへ。今日のギグには五千人くらいのパンクが集まるという。観客はほとんどパンクで、フランス人が中心だが、ヨーロッパ中から集まってきているという。「ほら、あいつがあれで、こいつがこれ」とマイクはカフェに集まってきている他の集団の連中を指さす。そして指さした後、すぐに近寄っていって話を始める。ケヴィンたちは座り込んでビールを飲んでいる。「アリーナ」の連中は英語を喋れる大学生らしいフランス人の男を通訳にしてフランス人のパンクに取材している。カフェに集まっている連中と一通りの挨拶を交わしたあと、マイクはすぐ近くにスーパーマーケット（フランスではスーパーマルシェと言う）があるからそこに一緒に行こうという。カフェで一杯だけラガーを注文し、そのあとスーパーマルシェで買ってきた缶ビールをグラスにつぎたすというアイデアである。マイクとはスーパーで別れて、私はひとり通りをぶらぶら歩く。今日のピストルズのギグの記事が載っている地元の新聞を買ったり、ポルノショップに入ってSM本を立ち読みしたりして時間を潰しているうちに、しばらく何も食べていないことに気が付いた。半時間ほど町を歩いたあと、小さな中華料理店に入る。鴨やら、豚やらを注文して延々二時間近く食事をし、そのあと茶を飲みながら店の親父とよもや話に花を咲かせる。

そろそろギグの時間なので例のカフェに戻るとシドニーたちはまだビールを飲んでいて、相当酩酊している。バスの中でボンデージ・ギアに着替えていた二人の若い男とマイクはそろそろ会場に行こうと言う。若い男のうち一人がバッグからまた缶ビールを取り出す。なんでもアルコール分十五％のドイツ製のラガーだそうだ。そのビールというよりもアルコールにビールを混ぜたような飲み物を口に運びながら開場を待つ。コンクリートの地面はすでに叩き割られたビール瓶の破片で足の踏み場もない。あちこちでグループができ、時折ビール瓶が派手にコンクリートに叩きつけられる音がする。ピアス、タットゥー、モヒカン、皮ジャン姿が移動していく。耳に入ってくるのは圧倒的にフランス語だが、マイクによると会場の周りには五千人以上のフランスのパンクが集まっているという。全員が会場に入るわけではないらしい。モヒカンに上半身裸、黒のぴったりしたジーンズ姿の若いフランス人が何やら喚きながら近くを通る。完全に泥酔していて視線が定まらない。今にも喧嘩が始まりそうな雰囲気だが、なぜか平和である。デモが始まる前の集会場といったところだ。

やがて入場。会場の中ではお決まりのグッズが売られているが、人だかりはない。誰か知らない人間が運んできた缶ビールを飲みながらマイクたちと話していると、英語を嗅ぎつけて英語を喋る連中が次々にやってくる。何だか巨大なパーティーのような雰囲気で、そこに得体の知れないフランス人の女が次々にやってきてはいろんなものを売りつけようとする。その中には本物かどうかわからないが、二十年近く前にピストルズがパリでギグをした時のチケットがあった。ひととおり人の流れが落ち着いたところで演奏会場に入る。スタンディングではなく席があるが、立っている人がほとんどだ。ステージには白地に赤十字のイングランドの旗が見える。待つことしばし、やがてピストルズが登場し、「ハロー、パリス」というライドンのかけ声を合図にして、いきなり「ボディー」が始まる。

その後は、月遅れで日本にやってきたピストルズの印象と同じで、演奏はばっちりリハーサルをやったらしく、乱れるところが全然ない。正確にリズムを刻むポール、太めの体をジャンプさせながらリフを聴かせるスティーブ、ジャンパー姿のクールなグレン、そして機械仕掛けのような動きを見せるジョン。彼らはピストルズの最高のコピーバンドであると誰かが書いたが、確かにその通りである。時代の先端としてのパンクは遠い昔に終わっているのだから当たり前のことなのだが、それでもこうして多くの人間がパリに集まりピストルズを盛り上げ、自分たちのパーティーを楽しんだ。これは一体なんなのだろう。ピストルズの寸分の狂いもない演奏を聞きながら私は考えた。

初期のピストルズの噂を聞きつけてアメリカからやってきた写真家のボブ・グルーエンは当時ロンドンのデンマーク・ストリートにあった練習場兼ねぐらで初めて彼らの写真を撮っ

た。その時ピストルズの面々はグルーエンのために数曲演奏してみせた。マスコミのイメージとは裏腹に、彼らの「真摯な」態度（ロットンは風邪をひいて体調不良であったにも拘わらず熱唱する）に感動したグルーエンはシャッターを切りながら演奏にすっかり乗せられていく。後にパンク批評の大御所であるジョン・サヴィッジやグレイル・マーカスも指摘していることだが、ピストルズは音楽的に完成していた。それは彼らの唯一のＬＰである『勝手にしやがれ』を聴き直してもわかる。あのクリス・スペディングがスタジオのセッションに参加していたのは、あまり強調する必要はないにしても、後年のクリスのインタビューにあるように事実である。しかし、パンクにとって音楽は重要であったにせよあくまでその一部でしかなかった。マネージャーのマルカム・マクラーレン主導のもとで、ピストルズはエスタブリッシュメントと衝突という「騒動」——シチュエイショニスト風に言うなら「スペクタクル」——を繰り返し、その最盛期にギグはほとんど禁止されていた。彼らが、そして特にロットンが、マクラーレンと衝突し、解散していったのは、すでにピストルズとしての音楽活動が事実上不可能になっていたからである。

ピストルズの面々はその後の彼らのキャリアが示すように、基本的にはミュージシャンであり、そこから逸脱するのは難しかった。だからこそ、七〇年代には不可能であったワールド・ツアーをどうしてもやりたかったのではないか。もちろんお金のこともある。しかし、二十年前に「金のために朝から晩まで働かされるのはむかつくぜ」と言って一切の労働を拒否したスティーブ・ジョーンズがいまさら金のためだけに延々とコンサートを重ねるとは考えにくい。マトロックはピストルズ解散後、自分の代わりにピストルズのベーシストになったシドのバンドでベースを担当するような男である。彼は音楽活動ができるならなんでもする。ポールとて然り。この男はピストルズ時代からピストルズのリズムを刻み出すのを無上の喜びとしていた。それは今でも同じはずだ。問題はロットンである。再結成に際して、「そんなことはあり得ないとみんなが思うだろうから、再結成に踏み切った」と彼らしい皮肉な言い方をしたが、彼がなぜこの同窓会的なツアーに参加したのか。記者会見の席でシド・ヴィシャスについてのコメントを求められて「そんなことは無関係だ」と言い放ったロットンことライドンだが。

パリの美しい街路樹を見ながらシド・ヴィシャスの「マイ・ウェイ」が頭から離れなかった。シドは常に最悪の状態にいるような男だったが、それが実は彼にとって最高の幸せでもあった。ピストルズのメンバーは相当クレイジーではあったが、どこか一線を引けるところがあって、素面に戻る瞬間を知っていたが、シドは渡りきった橋をすべて焼き払うようなところがあった。それはピストルズの他のメンバーが忌み嫌っていたシドのガールフレンド、ナンシー・スパンゲンの影響もあったろう。だが、同時にシドには度しがたいスター志向があったのも事実で、この二つが重なって過剰な自己の肉体への自信があだになってしまった。しかし、それはともかく、私たちはどこで快楽から日常に引き戻すのか。パリのレポートを続けよう。

ギグの後、マイクたちとカフェに戻るとそこにはすでにギグに行ったパンク、行かなかったパンクでごった返していた。日本やアメリカの場合、ロック・コンサートは純粋にビジネスで、チケットを持たない人間が会場付近にたむろするということは余りない。イギリスでもそのはずなのだが、パリは一体どうなっているのか。今回はたまたまなのか。とにかく、モヒカンに皮ジャンといったパリのパンク野郎がそこらへんにうろちょろしている。そのうちにそんなパリ・パンクとわれわれの一行のスティーブという男が言い争いを始めた。スティーブはスキンヘッドで、みるからに強そうな体つきだ。しかし、なぜか酒は全然飲めない。ピストルズのTシャツを着てコーラをがぶ飲みしているところを、栄養失調寸前のように見えるガリガリのパリ・パンクが突っかける。「テメエのそのTシャツは二十年前なら迫力があったが、今じゃ笑いものだぜ」というのである。私もそう思ったが、そう言っている男のファッションも絵に描いたようなパンクだ。

カフェで延々とラガーを飲んだ後、バスがそろそろ来る時間だというので、指定された場所に移動する。ちゃんと場所を覚えていた奴がいたのは、何人かはスティーブのように素面だったからだ。パリの広い歩道に座り込んだり、寝ころんだりしてなかなか来ないバスを待っていると、図らずもパンクがパリを占領したような図柄になる。その気になって写真を撮ればそんな風に映るだろう。しかし実際はなかなか来ないバスを待っているという切ない場面なのだ。パリのルンペン・アーティストがローラースケートで近寄ってきてはタバコやビールをケヴィンにねだる。それにしてもバスが来ない。そのうちにケヴィンは完全に酔いつぶれ意識を失ってしまう。そのうち路上に駐車していた乗用車にトラックが衝突する。それを見て「ワンカー(自慰野郎)」という声が上がる。シドニーは地面に寝転がってタバコを吸っている。ようやくバスが来た。ニール・ヤングのコンサートが長引いたらしい。パンクは短く、ロックは長い。

2　ピーターとジャッキー

十二月のイングランドは陰鬱である。一日の平均日照時間は、感覚としては約三十分のみ。これは北ヨーロッパ全域に関して言えるのであろうが、冬は湿っていて、寒く、やるせない。南から来た人間は一発でノイローゼ気味になる。ルームメイトのギリシャ人のイアンナとトルコ人のウズレムはクリスマス休暇ということもあって、さっさとそれぞれの故国に里帰り。今ごろ彼女たちは地中海の燃えるような陽を浴びていることだろう。エヴァもスロバキアに戻っていて、もうひとりのルームメイトであるイギリス人のエリックはアイルランド人のガールフレンドとルーマニアにスキーに行っている。広いキッチンはがらんとしていて、私はさきほどからギネスを飲みながらピーターが送ってきたメモと道路マップを見ている。外はどんよりと暗く、すでに雨が降り始めている。

ピーターは上背はあまりないが、がっちりとした体つきのアイルランド人で、アイルランド島のリムリックで青春を過ごしたあと、イングランドに来た。二十世紀のどん詰まりになって、アイルランド共和国は経済成長を謳歌することになるが、今でもアイルランドからイングランドにやってくる若者は絶えない。田舎から都会に出てくるという構図は世界中でいまなお進行中である。

ピーターと初めて会ったのは学期始めのワイン・パーティーである。ワインをしこたま飲みながら体制批判を繰り返す彼は、結局学期の終わりには大学を辞めることになるのだが、私たちはそれ以来意気投合し、会う度にイギリスと日本の資本主義の相互批判を繰り返した。ピーターはロボットのようなサラリーマンの行進（実は出勤の姿）を生み出す日本の資本主義構造やそのインフラストラクチャーに興味を持っていた。私は互いに不倶戴天のように忌み嫌い合う、中産階級と労働者階級の対立、いわゆる「やつらとわれわれ」というイギリスの階級構造の歴史的背景に興味が尽きない。クリスマスに一度俺のところに泊まって、とことん飲みながら話をしようぜ、ということになって、車での道筋を示したメモが郵便で届いたのである。

ピーターはバーミンガムにフラット（イギリスではアパートのことをこのように呼ぶ）を持っているのだが、バーミンガムが嫌いな上に、最近ジャッキーという若いイギリス人と同棲を始めたので、テンベリー・ウエルズという村に家を借りている。日本ではウスター・ソースで有名なウスター地方にある古い村で、そこから車でほんの三十分も走ればウェールズとの国境に出る。私はコベントリーからバーミンガム、バーミンガムからウスター市、そしてウスター市からテンベリー・ウエルズまでの複雑な道筋を何度も頭の中に叩き込みながら愛車ジャガーのエンジン・スターターを回す。ジャガーといっても無論本物の「ジャギュアー」(イギリス人はこう発音する)ではない。ドイツで作られたフォード・エスコートの中古、思い切り古い年式である。

イギリスの車のエンジンは発火装置と燃焼室が離れているものが多い。従って、発火装置からスパークが導線を伝って燃焼室に行くまでに時間がかかる。時間がかかるというのは妙な言い方だが、とにかくスパークは旅をしなければならない。ところが、イギリスの冬は湿気が多く、ちょうど飛行機が冷たい雲の中を進む時のように、冷えて湿った空気が駐車してある車のラジエターの隙間から入ってくる。当然スパークが旅する導線にこの冷たい湿気が絡みつくので、イグニション・キーを必死で回しても、スパークはむなしく放電し、「ギーギー、カラカラ」と音を立てるのみでエンジンがスタートしない。ガソリンスタンドやスーパーで、この湿気を除去するスプレーが売られているほどである。用心深い人は前夜から車の前部を古毛布でくるんでおいたりする。

しかしジャガーは幸いにも一発でエンジンが掛かった。コベントリーからバーミンガムに向かい、そこからMと呼ばれる高速道路にのる。夕方ということもあって、かなりの渋滞である。コンクリートの塊の上を、かくも多くの人間が金属の塊の中で孤独に閉じこもっている様は、イギリスの哲学者、F・H・ブラッドレイの唱えたソリプシズム(唯我論)の世界を写したような光景である。ブラッドレイによると、人間はそれぞれ半透明のヴェールで覆われたカプセルのような小宇宙の中に閉じ込められていて、互いにコミュニケーションを取ることはできないという。いかにも寒い国の哲学者が考え出すような世界観である。

小雨ふる冬の夕暮れの、極めて視界の悪い高速道路を平均時速八十マイル（約百三十キロ）ですっ飛ばす。法定速度は七十マイルであるが、流れに乗らなくてはかえって危ないというのはどこの国でも同じだ。ジャガーは吼えに吼え、あっという間にウスター市への出口に着く。標識をたよりにインターチェンジを無事脱出、テンベリー・ウエルズに向かう国道に入る。三十分ほど走ると、B道路に入るはずである。イギリスには道路が三種類あり、A、B、Mの頭文字のあとに数字が付く。例えば、A1とかB5とかである。Mは高速道路、Aは片側二車線以上の幹線、Bは片側一車線の田舎道である。ところが、このB道路の最高時速が五十マイル（約八十キロ）なので恐ろしい。照明などないので、月あかりのない夜など文字通り漆黒の闇の中を自分の車のヘッドライトだけを頼りに決死の覚悟で車を走らせなければならない。のんびりと五十マイルを切った速度で走らせたいところだが、そんなことをしているとあっという間に後続車に追いつかれ、追いまくられ、パッシングライトを浴びせかけられる。特に初めての道を行く時は、どこがどのように曲がっているのか、どこが分岐点なのかが感覚として摑めていないので極度に緊張する。そうして闇の中を走り続けていると時々自分の方向感覚を完全に失ってしまう時がある。幸いそういう時は一瞬であることが多いので、よほどアンラッキーではない限り崖から転落とか畑に突入とかいうことは滅多にないが、楽しいものではない。

後でピーターに聞いたところでは、私が懸命に走っていたところは、なんでもサイダー酒の原料にするりんご畑やホップの畑が一面に広がっていたところらしいが、もとより闇の中、景色を楽しんでいる余裕などなかった。ようやく道路が少し広くなった時、渓谷伝いに走っているのに気が付いた。田舎の小さなガソリンスタンドが見えたので、車をとめて給油する。トイレで用を足した後、店のおばちゃんに道を確かめる。間違ってはいないはずだが、人間に道を確認したくなる誘惑を抑えることができない。おばちゃんは闇の中から突然現れた東洋人にぎょっとするが、ピーターに教えてもらった道標のスワン・ホテルのことを尋ねると愛想よく答えてくれた。「もうちょっと行くと右に見えてきますわよ、ダーリン」。

スワン・ホテルを確かに右に確認。しばらく直進後左折すれば渓谷を渡る橋にかかる。そこからがテンベリー・ウエルズだ。橋を渡って、村の中心街に差し掛かると、この世のものとは思えない美しさのクリスマスのイルミネーションが輝いているではないか。私はまるで孤独なスター・トレックから戻った宇宙飛行士のように地上の愛の光で満たされる。ところがこの至福もつかの間、角のインド料理店を右折したところから再び漆黒の闇が待ち受けていた。しかも今回は一度文明の光を経験したあとだけに絶望感は深い。エミリー・ブロンテの小説『嵐が丘』の冒頭の暴力シーンが蘇ってくる。ビジネスでロンドンから荒涼たる北イングランドの田舎屋敷を訪れたやや頭の弱い語り手が、獰猛な猟犬の手荒い歓迎を受け、「悪役」ヒースクリフのぞっとするような眼差しを受ける場面である。三叉路に出たところを右に曲がる。二軒、三軒、田舎の屋敷に光が見える。ここで私はペキンパーの『藁の家』の暴力シーンをなぜか思い出してしまう。ちょうど一軒の家から猟犬をつれた二人の男の姿が見えたので、車をとめてピーターの住所をどなる。「そこだよ、そこ」初老の男は私の顔を珍しそうに見ながら親切に教えてくれた。角を曲がって、それらしき家を見た時、全身から徐々に力が抜けていくのがわかる。

ピーターのブルーのサーブの横にジャガーをとめる。ロックして家に向かって歩いていると、戸口から黒髪の女性が出てくるのが見える。その恐ろしく美しい女性がジャッキーであった。ピーターはいつものブルージーンズ姿だ。白いシャツの上にブルーの皮のチョッキを着ている。外は刺すような冷たさだが、家の中は暖房がよく効いている。ブーツを脱いで、荷物を戸口に置いた。椅子を勧められる。ボルトンのスパークリング・ウォーターをグラスに一杯飲みほしたところで、闇の中のドライブの一部始終をピーターたちに話した。微笑するジャッキーの黒髪は腰のあたりまである。顔立ちはボッティチェルリの描くそれを思わせるのだが、目も眉も黒い。イギリスの主力は白人だが、この白人にもいろんな種類がある。大学で有名なケンブリッジのあるあたりは、イーストアングリア地方と呼ばれるが、この地方の東部にはブロンドが多い。ロンドンのように、西インドからの黒人、インド亜大陸からのアジア人、マレーシアや香港からの黄色人種、その他ギリシャ人やら、トルコ人やら、イタリア系やら、ルーマニア系やら、とにかく人種の坩堝のようなところからイーストアングリアの村に行くと、まるで外国に来たような気分になるが、ジャッキーは何系なのだろう。

ピーターも水を飲む。「いやぁ、七〇年代は都市が面白かったけど、ポスト・モダンの時代は田舎のほうが面白くてね。バーミンガムには長いこと住んでたけど、どうしても馴染めなくなったので、ここに来たわけさ。車でここに入ってくる時に左側に大きな家があったろう。あれが昔の農場主の母屋で、ここは使用人の家だったんだが、今の時代に使用人もへったくれもないから、貸しに出ていたのを見つけて、ジャッキーと一緒に住むことにしたのさ」。グラスを木製のテーブルの上に乱暴に置いたピーターはそう言って部屋の天井に目をやる。私は家の中を遠慮がちに眺め回した。太い丸太のような柱が目に付くが、窓枠はアルミサッシだし、暖房はセントラルヒーティングになっているし、キッチンも近代的だ。家賃が気になるが、訊くのは控えた。

一度席を立って戸口に置いたバッグからお土産のアイリッシュ・ウイスキーを出してテーブルの上に置く。ジェイムソンのラベルを見てピーターは「おお、これはいいな」と言って化粧箱を乱暴に剝がしてウイスキーのビンを裸にする。テーブルには引出しがあって、そこからコースターを取り出すと、そのひとつを私の前に放り投げる。ジャッキーが底の分厚いウイスキー・グラスを持ってきた。三人でぐいぐいやる。「最近はジャック・ダニエルを飲んでいるのだが、アイリッシュも悪くないからな」。鼻の頭が赤くなったピーターはそう言って笑った。笑うと若い時のキース・リチャードの横顔に似ている。

スコッチの味に飽きてきていた私は、極めて保守的だが愛すべき人物であった政治学の教授がある時、「この頃はスコッチよりも、アイルランドのウイスキーのほうが美味いな」と呟いているのを聞き、スーパーで何種類かのアイリッシュ・ウイスキーを買ってきては夜な夜なヴァン・モリソンやジョー・コッカーの歌を肴に飲んでいた。ギリシャ人のイアンナやトルコ人のウズレムは地中海育ちなので、昼間は寝て、夜は遅くまで遊ぶ。その彼女たちが寝静まるのを待って、私はウイスキーを楽しんでいた。

ある時、ジャック・ダニエルはもともとロンドン政府からの高い税率に嫌気がさしたウェールズ人がアメリカ南部に移住して造り始めた酒だという記事を新聞で読んだ。そのことをピーターに告げる。そう言えば、イギリス議会で当時の大蔵大臣だったケネス・クラークが次年度の予算を提案し、その中でウイスキーへの課税率を下げると発表し、その直後にスコッチを呷るパフォーマンスを見せたのを思い出した。ロンドン政府はウェールズ、スコットランド、アイルランドに税金をかけて儲けていたのだ。だからロンドンから遠く離れた新大陸の植民者たちは逸早く「やってられない」とばかりに独立を求めたのだった。

ピーターは互いに敵のように見えても実は裏で繋がっているのが歴代のイギリスの権力者の実像であるという彼のセオリーを次々に例を挙げて論じ始める。瞬く間にジェイムソンのボトルの中身が半分以下になる。無性にタバコが吸いたくなるが、我慢する。ジャッキーがピスタッチオを持ってきたので、タバコの代わりに貪るように豆を食らっては、ウイスキーを喉に放り込む。向かい合って、まるで将棋を指すように議論を続けるピーターと私を、時折小さな笑い声を立てる以外はただ黙って聞いていたジャッキーが突然立ち上がって、ワインとワイングラスを持ってきた。さらに、各種のチーズとパンがテーブルの上を賑わす。ピーターはジェイムソンとウイスキー・グラスを片付け、大きなワイングラスに血のように赤いワインを注ぐ。彼の鼻息が荒くなっている。アイルランドの有名な劇作家シングのある戯曲の中のセリフである、「ナイト・イズ・ヤング」を私が持ち出すと、ピーターは絶望的な顔をして首を振る。発音がなっていないというのだ。「ノーイト・イィズ・ヨーーーング」とやらなければアイルランドじゃ通じないぜ、と真顔で言う。

この英語は「まだ宵の内」というような意味なのだが、なるほどアイルランドのアクセントで発音すると迫力がある。チーズとパンを食らいながら、ワインをしこたま喉に流し込む。われわれのジョークにジャッキーが時々声を上げて笑う。ことばとことばの間にピーターはやたら「ファッキング」を挟むようになってきた。

「イギリスの野郎はな、この野郎、あらゆる現象に名前を、この野郎、付けやがるんだ、すべてにだぜ、この野郎。野郎、千年も前の、この野郎、ノルマン・コンケストで、この野郎、ノルマン人の野郎がこの土地を、この野郎、支配するように、野郎、なってから、この野郎、ずーっとだぜ、この野郎。すべての現象に、この野郎、名前を付けやがって、野郎、テキストにして、この野郎、管理していくわけだ。テキストは即ち、野郎、レギュレーションであって、野郎、即ち法律だ。法律というのは、この野郎、警察や兵隊の数を最小にして、この野郎、合理化してだな、支配していくわけよ。ことばが、野郎、広大な土地で奴隷のように働かされる、この野郎、何千、何万の無知な農民を支配してきたわけよ」。とまぁ、こんな調子である。

タバコが吸いたい私の顔を察したピーターは灰皿を出してきたが私は遠慮しておくことにした。その代わりにさらにワインを喉に注ぎ込む。かなり酩酊してきたのが自分でもわかる。すでに二本目をフィニッシュして三本目に入っている。「俺はあの、イギリスの乙に澄ました中産階級の偽善者どもの顔に、思いっきり、この野郎、タバコの煙を吹きかけてやりたいのだが、野郎、数年前にタバコを止めちまってそれができない」。ピーターはそう言うと出してきた灰皿を再びしまう。ジャッキーが私のグラスにワインを注ぐ。ジャッキーもかなり酔っている。

ジャッキーは少し前に離婚して、子どもを親の家で預かってもらっているという。通っていた大学もばかばかしくなって辞めたという話だ。「ジャッキーが離婚した時の金でこの家を借りてるんだが、まあ悪くない話だ」。そう言い残してピーターはトイレに立つ。ジャッキーと向かい合ってワインを飲むが、彼女はあまり喋らない。遠慮がちに日本のことを聞くので、日本社会の講義を始めたところでトイレから戻ってきたピーターが「日本の資本主義をなめてはいけないぜ」と言い放つ。「この近くにいいパブがあるから、そこに寄ってビールを飲もう。それからスワン・ホテルで食事だ。席を予約してあるから、そろそろ行くか。ジャッキー、金だ、金。俺は鍵を持っていく」。そう言ってブーツを履き始める。私もブーツを履き、防水のごついコートを着て先に外に出た。タバコに火をつけて、夜空を仰ぎ見る。無数の星が煌めいていて眩暈しそうだ。

ピーターの運転する車に乗って、先ほど通過した、テンベリー・ウエルズのメインストリートに入った。黄色い街灯の下で息を潜めている古いパブの重いドアを押して中に入る。ピーターがカウンターでビールを注文する。エールというのはイギリスの地ビールであるが、混ぜ物がない、日本酒でいうと純米酒のようなものだ。パイント・グラスを抱えてピーターが先に席に着いていた私とジャッキーのところに戻ってくる。このイギリスの田舎のパブはなぜかとてもヨーロッパ的だ。ヨーロッパ的というのは変な言い方であるが、産業革命の前の時代に戻ったような感じがする。内装もテーブルもカウチもすべてが心地よく使い古されていて、こちらを包み込むようなやさしさがある。あっという間に一杯目のエールを飲み干して、二杯目を飲みながらイギリスとウェールズの国境で生まれたウェールズ出身のレイモンド・ウイリアムズの話になった。ウイリアムズは戦後のイギリスの文学批評にマルクス主義を持ち込み、頑迷なイギリスの階級社会の分析を平然と行い、大衆に社会意識を植え付けた文人であるが、ケンブリッジ大学で教えていた間、同僚からパーティーに誘われたことは一度もなかったという。彼の弟子の一人が、後にマルクス主義批評の大家になるテリー・イーグルトンである。ピーターはウルバーハンプトンのポリテクニックという大学に準じた教育機関で教えていた時に講演にやってきたイーグルトンと論争、というより口論になったという。一九八〇年代半ばのことで、当時イギリスはアーサー・スカーギル率いる炭鉱労組とサッチャー政権が激しい戦いを繰り広げていて、ピーターに言わせるとそれはほぼ内戦に等しいくらいの凄まじさであったという。ピーターは学問に現を抜かし、窮地に追いやられてもなお勇敢に戦っている労組と連帯せずして何がマルクス主義かと、この著名な学者に挑んだ。すると、イーグルトンの取り巻きのひとりの女性がピーターを指差して「おまえはファシストだ」と言ったので、彼はイーグルトンに向かって「おまえはメソジストだ」と言い返したのだが、この短期的な、目先の利益にのみ一喜一憂するビジネス・マインドを生み出したキリスト教の一派に込められたピーターの侮辱が理解できない取り巻きの女性はぽかんとしていたという。と、ちょうどその時、パブの中で若い男二人が口論を始めた。痩せて背の高い男がかなり酩酊していて、揉み上げを伸ばした男に絡んでいたのだが、絡まれたほうが我慢できなくなったようだ。もうちょっとで殴り合いの喧嘩になりそうなところで、店の奥から小太りの、金髪をポニーテイルにした若い女の子が飛び出してきた。彼女は毅然とした態度で二人を分け、痩せた男のほうを店から追い出してしまった。

スワン・ホテルでさらにギネスを二杯飲み、豚の煮込み料理にジャガイモの茹でたのを平らげて、さらにギネスを飲んでいる時のことだ。物凄い轟音とともに、ホテル中が振動で激しく揺れた。RAF（ロイヤル・エアー・フォース＝英空軍）のジェット戦闘機が渓谷沿いに超低空飛行の飛行訓練をしているのだそうだ。私にすれば、とんだクリスマス・プレゼントであるが、この地方ではしょっちゅうあることなので村の人は慣れっこになっているようだ。私はこの轟音と振動を使って短い恋歌を書いた。

ピーターたちの家に戻り、かつてIRAの兵士であったというピーターのおじいさんの写真が飾ってある居間で、赤々と燃える暖炉の火を見詰めながらピーターの朗読する彼の作品を聞く。ジャック・ダニエルをストレートで喉に運んでいるうちに、ほとんど意識がなくなってくる。「ノー・サレンダー（降伏などするものか）」というのがアイルランド共和軍の合言葉だ。私の意識はみるみるグラスの中に溶け出していく。

3　ウルバーハンプトン、狂乱の貴公子

いやあ、うるさいのなんの、ロンドンのユーストン駅からウルバーハンプトン行きの列車に乗っているのだが、あちこちで携帯での会話がさっきから続いている。ヨーロッパの長距離列車はコンパートメントと呼ばれる個室が主流だが、この個室から天井と扉をとったものもコンパートメントと呼ばれる。要は日本の旧国鉄やJRの電車に見られる二人がけの座席二つが向かい合っているやつだ。日本と違うのはこの向かい合った座席の間に巨大なテーブルがある。連れがいる時はポーカーをするのに最適で、一人の時は飲み物や雑誌を前に置けるのでちょっとした喫茶店気分になる。ただし、本当の用途はよくわからない。それはともかく、通路を挟んで反対側で向かい合っている初老のご婦人と若い娘が、互いに大きな声でさっきから喋り続けている。最初は親子で何か議論をしているのかと思ったのだが、実はそれぞれの会話に没頭しているのだ。公共の場では静かな生活を送るというのがイギリスの伝統ではなかったか。

英国の鉄道もとうとう民営化され、ワゴンにサンドイッチやコーヒーをのせて車内販売がやってくる。かつてEMIのオフィスに殴り込みをかけたために（実は酔っ払って大暴れしただ

け）契約を一方的に破棄されたセックス・ピストルズを営業路線にのせたのがヴァージンだ。そのヴァージンが今度はイギリスの国鉄の払い下げを受けたのだが、ここの社長があのブランソンだ。金髪に鬚面のいやなおっさんだが、彼はいわばビジネス界のアントニオ猪木で、熱気球にのったり、花嫁姿になったりのパフォーマンスで常に話題を提供している。日本にもちょくちょくやってきていた。向こうのビジネスマンは日本のビジネス文化を本国に持ち帰って適当にアレンジして使っている。グローバリゼーションというやつだ。

ユーストンからバーミンガム方面の列車に乗るのは久しぶりだ。窓ガラスは相変わらず泥で汚れているし、その汚れた車窓から延々と広がるなだらかな丘とグリーン、草を食む羊の群れも昔と変わらない。ペットボトルからミネラル・ウォーターを飲み、チーズとハムのサンドイッチを食べていると、どやどやと日本人の親子が私の向かい側に座る。二十歳くらいの女性とその母親らしい。妙に威張りくさっている。ロンドンでもロサンジェルスでもミラノでもバンコクでも日本人は皆これだ。何が「アジアの指導民族」だ、この成金め。私はこの国では外人であるのだが、日本人が近くに来るとそのステイタスが揺らぐ。従ってイギリスを含め外国では極力日本人とは接触しないようにするのが私のルールだ。

サンドイッチを食べながら学会での発表のレジメに目を通す。ニューヨークでテロがあってまだ十日ほどなので、さすがにアメリカからの参加者にはキャンセルが多いようだ。日本人の親子はミルトン・キーンズで降りた。長いこと眠っていないのと、腹がふくれたのと両方で眠くなる。いつものように出入り口に近いところに席を取ったので、日本人の親子連れ以後、誰も私の向かい側には座らない。他に席が空いていれば、見かけが大きく違う人間の傍は遠慮するのがイギリス人だ。日本でもそうだが、白人の女性と歩いていてもこちらを注視する人はさすがに少なくなったが、黒人女性と歩いているといまだに強い視線を浴びることが多い。

目が覚めた時はすでに自動車産業発祥の地であるコベントリーやイギリス第二の都市バーミンガムを通過してブラック・カントリーのあたりを走っていた。黒人の国という意味ではない。かつてこのあたりは産業革命の中心地であり、物凄い煤煙でそこら中が真っ黒に煤けていたのでこの名が付いたという。バーミンガムに近いダッドリーという町には炭鉱町をそのままそっくり復元したテーマ・パーク、その名もブラック・カントリー・ミュージアムというのさえある。どんよりとした曇り空の下、外はさすがに荒涼としている。

終着駅のウルバーハンプトンに着いた頃には車内に客はほとんど残っていなかった。ホームに降り立ち、スーツケースをごろごろ転がしてまずトイレに入る。初めての土地に着いた時の儀式である。犬のように自分の臭いをつけて存在を誇示し、自分のテリトリーであることを高らかに宣言する。ただし、アングロサクソンの連中の便器はやたら高い。少し背伸びをしないと苦しい。スコットランドやアイルランドの便所はかつての日本の国鉄のトイレのように、一個一個の便器が独立していなくて、ちょうどナイアガラの滝のように広大なものが多い。当然受け口がないので、プライバシーを尊重するアングロサクソンの連中が作った独立便器で用を足す時のように背伸びをする必要はないのだが、日本と違って陶器やセメントではなく、銀色に反射するステンレスであったりするので少し引けてしまう時がある。エジンバラで入ったお城の近くのパブのトイレはステンレスの流し台そのもので、小学校の水飲み場のようになっていたので、一瞬尿の流れが逆流しそうになったのを覚えている。

駅の外に出るとそこはロータリーになっていた。日曜日なので家族連れの姿が目立つ。イギリスの天気は変わりやすい。幸い雲の間から薄い青空がのぞいている。大会の主催者から送られてきた詳しく正確な道案内のパンフをたよりに、いざウルバーハンプトンの街へ繰り出す。鉄道の線路をまたぐ陸橋の上で若い女の子とすれ違う。天然のブロンドヘアー、警戒心のまるでない青い目。安物の生地のミニの純白のドレス。田舎だ。

会場になっているライトハウスというクラブに到着。赤レンガの巨大な建物に入る。ギャラリーを右手に見ながら板張りの床を歩くとすぐにがらんとした明るい中庭に出た。吹き抜けだが、天井は半透明のアーケードで覆われている。細身で長身、腰あたりまである金髪のロン毛をなびかせた男と、ちょっと目には休日の銀行マンに見える、縁なしの眼鏡がよく似合う小柄な男が受付をしている。まだそれほど人は集まっていない。

ロン毛のロックスターのような男が元パンク・バンドのギタリストで、ウルバーハンプトン大学の政治学の先生でマーク。縁なし眼鏡が英文学の先生でアレン。この二人が今回のオルガナイザーであり、プロデューサーである。「いやー、よく来てくれたな、テツヤ」と握手を求められる。「インドネシアからの参加希望もあったのだが、資金繰りがつかなくて残念だった」とマークは両手で長い髪を後ろに梳かす。

オープニングまでには時間があるので、宿舎になっている「フォックス・インターナショナル・ホテル」までアレンの車で送ってもらう。クラブから歩いても十五分くらいなのだが、私ののどでかいスーツケースを見て気を利かしてくれたのだ。イギリスの都市はどこも似たような構造になっていて、外から直接市内に入れる道路はない。中心部の周りをリングロードと呼ばれる環状道路が取り巻いていて、いったんリングロードに入ってそこから自分の行きたい場所に近い出口を見つけて市内に入るようにできている。市内の中でもちょっと離れた場所に車で移動する時は、いったんリングロードに出たほうが早いことが多い。アレンは案の定リングロードに出てからフォックス・ホテルに車を走らせた。「いやあ、今回の大会はインターネットを利用してオーガナイズしたんだけど、右翼からの妨害が多くてね。参ったよ」とアレンは口走った。

フォックス・ホテルでは口髭の濃い初老のインド人が迎えてくれた。達者な英語からイギリス育ちであることがわかる。部屋に入るとうら若いインド人のメイドがシーツを替えていた。すごい美人でノックアウト寸前になる。ホテルは確かに一流ではないが、清潔なシーツにタオル、よく湯の出るシャワー、CNNも映るテレビ、それに紅茶セットにビスケットまであって文句はない。一流ホテルでもこういった細やかなサービスが欠けているところが多い。早速シャワーを浴びてそのままベッドに潜り込む。

快適な気分で目が覚めたのは四時すぎであった。すでにオープニングは終わっているはずだ。フロントに鍵を預けていざ出発。だが、道に自信がないので、インド人に大学への道順を尋ねる。「これほど簡単な行き方はないよ」と言われたにもかかわらず、外に一歩出たところで迷ってしまった。とにかく道がまっすぐ素直でないのだから仕方がない。いろんな人に道を聞いて、結局十五分でいけるところに一時間半かかってしまった。しかし、市内の大部分をほっつき歩いたおかげで町全体の様子が頭にはいる。これでたとえドロドロに酔っ払っても帰巣本能は充分働くはずだ。人間、無意識の世界を優先させて生きるに限る。

オープニングはとっくの昔に終わっているみたいなので、キャロライン・クーンの写真展があるライトハウスに向かう。ホテルを出る前に頭をすっきりさせる薬と元気がでる薬を同時に飲んだのが効いてきたのはいいが、街をほっつき歩いている時にペットボトルの水を二本飲み、タバコを買うために立ち寄ったパブでエールを一パイント飲んだのでクラブに着いた時には膀胱が破裂しそうに張っていた。これではボディーブロウ一発でKOされてしまう。ギャラリーの受付に座っていた女の子にトイレの場所を教えてもらう。ところが教えられた建物の中に入るといきなり「関係者以外立ち入り禁止」の立て札があり、なにやら改装中である。構わずペンキの缶とか、匂いのきついベニヤ板などをまたいでトイレに突入。ドアがないが、構わず放尿、放尿。湯気が立ち上がるところはやはり北国か。

すっきりしたところで、中庭を横切って奥のパブへ。人影はまばらだ。ビールを飲むか、ウイスキーにするか迷ったが、結局コーヒーにして紙コップを片手に外に出る。やたら喉が渇くが、気分は最高だ。ぼつぼつ皮ジャンに黒いジーンズ姿の男たちが集まってきた。プレスリーのような揉み上げを伸ばしたオーストラリア人としばらく談笑してから、テーブルに腰をおろす。見るとすぐ横に手帳になにやら書き込みをしている女性がいる。しばらく話しているうちに彼女はイギリス人ではなく、ドイツのラジオ局でドキュメンタリーを制作しているライターだということがわかった。マルティーナという名前だ。ドイツの音楽状況についてしばらく質問してから席を立った。

ギャラリーの入り口に黒のスパッツに黒のTシャツ、その上に緑の派手なコートを着た背の高い女性がいる。それがかつてクラッシュのマネージャーをしていたこともある、音楽ジャーナリストで写真家のキャロライン・クーンだった。オックスフォード・ストリートにある

100クラブで血まみれになったシド・ヴィシャスが警官に引きずりだされ、助けに入った彼女がパクられてしまったエピソードは有名だ。ヒッピー世代のはずだが、その美貌も体の線も崩れていない。ひとこと、ふたこと話し掛けたところで、近くのテーブルに並べてあったベルギーのラガーを勧められる。ラッパ飲みしながらパンク時代の写真の話になったところで誰かが彼女を呼びに来た。

パネルになった彼女の作品を眺めているうちに体のごついスキンヘッドの男とよもや話になる。私の手中にあるラガーを見つめて、「おまえ、それをどこから持ってきた」というので入り口まで彼を連れていく。私は二本目を飲みながらスキンヘッドの話を聞く。彼に言わせると、セックス・ピストルズが有名になったのは、その後に出てきたクラスがパンクの政治性を前面に出したからだという。そういう意味では、クラスこそが本当のパンクだということになる。「ふーん、クラスね」と思っていると思い切り背の高い若者が話に加わってきた。五月のロンドンのメーデーは荒れに荒れ、最後は暴動になった。誰かがチャーチルの銅像の頭の部分に芝をかぶせて俄かモヒカンにしてしまった写真は有名だ。この若い男はリーズの反グローバリゼイション抗議行動運動の一員であることがわかる。まあ政治もいいが、今日はそういうムードではない。スキンヘッドとメーデー野郎が議論を始め出したので、ギャラリーをゆっくりと後にする。

外に出て古い運河沿いに歩いていると月がぽっかりと浮かんでいるのに気が付いた。すでに夜なのだ。茶色い煉瓦造りの建物と建物の間の狭い路地には黄色い街頭に照らされてごみ箱やごみ箱からはみ出たごみがまるで宿命の浮浪者のように佇んでいる。ロンドンと違って雨に打たれても平気で眠っているホームレスや、下手にタバコを吹かしているとちゃっかり一本ねだりにくる輩もいない。時おり客のいない黒塗りのタクシーが通りかかる以外に人影はない。歴史の時間がずしりと重い。過去の死者の亡霊が飛躍しようとする町の足をがっちりと握って離さないのだ。イギリスの町は午後五時を過ぎるとインド人が経営するコーナーショップと呼ばれる万屋を除いてほとんどの店が閉まってしまう。ゴーストタウンと化したウルバーハンプトンの街をひとりで歩く。ホテルに近いところまで来るとなんとサブウェイがあるではないか。特大のアメリカン・サンドイッチとバケツのような紙コップ一杯のコーラを買ってホテルに戻る。テレビをつけるとチャネル4でニューヨークのテロ事件の特番をやっている。インド系の著名な作家が登場してきて、我慢ならないといった表情でアメリカを批判している。「今までいろんな国を散々爆撃してきたのはどこなんだ」。強烈に眠くなる。テレビも電灯もつけたまま、ベッドに横になる。歴史が私を眠りに誘うのだ。服を脱ぐべきか。ひとりなのだからいいではないか。地中に引きずり込まれるようにして意識を失っていく自分がわかる。

目が覚めると朝の九時だった。階下のパブに降り、『クロコダイル・ダンディー』のポール・ホーガンに似た男に朝食を頼む。待っている間にクランベリージュースをジャグからグラスに注ぎ、立て続けに二リットルほど飲む。スクランブル・エッグに、大量のトマトとベーコンを焼いたやつ、それに山盛りのトーストが来た。紅茶をがぶ飲みしながら朝メシを片付けていく。体中にカフェインが行き渡ったところでホテルを出発。

会場のウルバーハンプトン大学に着いた。控え室で特大の紙コップにコーヒーを入れて発表会場に向かう。発表者は私と、旧ユーゴのスロヴェニアから来た鬚面の若者だ。会場はまずまずの入り。三十分ずつ話をしたあと討議に入る。質問は日本でのパンクと政治状況についてのものが多かった。適当に受け答えて会場を出る。地元のパンク・バンドのリーダーで、刺青の研究をしている大学院生と一緒にライトハウスに向かう。途中、ヤクザの指詰について散々質問される。院生はこれからリハーサルだというので、彼とはそこで別れて、アレンたちと一緒に昼食会場に向かう。ビュッフェ形式だ。春巻なんぞを食ったあとビールを飲んでいると、スタン・ハンセンのような巨体の男が近づいてくる。昨日のゲーリー・ヴァレンタインの話は面白かったらしい。ゲーリーはブロンディーやイギー・ポップのところでギターを弾いていた奴だ。マルティーナの姿を見かけたので声をかけ、彼女を誘って外に出る。テラスのテーブルに座ってエールを飲みながらラジオ局の話や、これから彼女がインタビューに行く予定になっているパンク評論の大御所、ジョン・サヴェージの話をした。そのうちになぜかホロコーストと日本のアジア侵略について私たちは話し合っていた。かつてドイツ赤軍の活動家の刑務所での変死を扱ったドイツ映画があった。邦題は『鉛の時代』だった。映画の中では、やがて虐殺されるバーダー・マインホフ（ドイツ赤軍派）の活動家である妹と、その妹の変死の謎を根気よく追い続ける市民運動家の姉の二人が対照的に描かれていた。その姉妹が幼い時に、ナチスがブルドーザーでユダヤ人の死体を埋めていくシーンを記録した映像を学校で見せられ、妹がたまらず教室の外に飛び出して嘔吐するシーンがあった。マルティーナにこの場面について聞くと、彼女たちもうんざりするくらいあの手の映画は見せられたという。映画の話をしていると、「パンクは復活する」と書かれたスタジアム・ジャンパーを着たバーミンガムの音楽ジャーナリストがガールフレンドと一緒に近づいてきた。私が会場で配った資料（といってもほとんどが写真や絵のコピーだが）の中に「リング」の一シーンがあったのでコメントをしに来たらしい。「あれほど恐ろしい映画は見たことがなかったぜ。死ぬほどこわかったな。でも（続編の）「２」には失望したね」。そう言ったあと、延々と日本のマイナーなミュージシャンについての質問が続く。

ガールフレンドに引っ張られるようにしてジャーナリストが姿を消した後、マルティーナとヴァーシティーというクラブに向かう。今夜はギグがあり、学会関係者に配られたバッジを見せればただで入れるという。夜になって肌寒くなってきた街をヴァーシティーに向かう。どこから集まってくるのか、ミニのパーティー・ドレス姿の女性が三人、四人と街を歩いている。

ヴァーシティーは古い建物だが、まるでコロッセウムのようにでかい。そのでかいクラブの中に入ると、なんと中は満員電車のように超満員。ドラムンベースが大音量で鳴り響く中、みんなビールを片手に持って民族の大移動だ。踊り狂っているのやら、明らかにエクスタシーでラリッているのやら、フレンチ・キスに没頭しているカップルやら、これこそ私の生きる場所である。狭い階段を上がって、踊り場の受付で腕に蛍光スタンプを押してもらい、プロレスラーのような体のバウンサー（用心棒）の間をすり抜けて、奥のクラブへ向かう。すでにできあがっている顔なじみがいる。ベンヤミンをドイツ語で読んでいるというエスターの隣に座る。彼女は日本の盃のようなもので何やら正体不明の液体を舐めている。シェイクスピア・シスターズのような、パンクっぽい厚塗りのメイクがよく似合う。彼女はベルリンに住んでいたことがあって、ふたりでドイツの話をしているところにボーイフレンドのベンがビールを手にしてやってきた。そろそろギグが始まるから会場に行こうと言う。ベンと二人でグラスを持ったまま会場へ移動する。皆まるで朝礼に並ぶ小学生のように起立して演奏を聴いている。バンドはギター、ベース、ドラムのトリオだが、ベースのうなるスローテンポの曲が続き、ちょっとドイツのゴシック・メタルのような感じだ。悪くはないが、さしてよくもない。二、三曲聴いてからトイレに向かう。放尿していると、ベンが横に立ち、「あのバンドは嫌いだ。あれじゃあまるでブラーじゃないか」と言う。

クラブに戻ったが、今夜はあまり酒が欲しくない。酔い覚ましの薬を飲んで白人でごった返すヴァーシティーを後にする。強烈な牝の匂いがする階段を下りている時に、踊り場の狭い椅子に座り込んでシステム手帳にドイツ語の文字を書き込んでいるマルティーナの姿が見えた。

外に出るとまるで今までの喧騒が嘘のような静けさだ。エドガー・アラン・ポーの『アッシャー家の崩壊』では陰惨な物語の終焉とともに主人公が城のような邸宅を後にすると大邸宅は音を立てて崩壊しその存在を消し去られるが、私もあのアヘン中毒の幻想を見ているような気分になる。しばらく人影のないメインストリートを歩いていると視界の中に不気味なゴシック建築様式の教会が見えてきた。夜の闇に浮かぶ白い建物の前に小さな庭があるのを見つけてそこでしばらく沈思黙考することにした。ところが、こんな時間にも教会の鐘は鳴る。そして鳴り出した鐘のテンポは段々と速くなり、ついには連打となった。鐘の連打にノートルダムの背虫男、カシモドを思い出した。ヴィクトル・ユーゴーの名作だが、実際にはフランス映画でしか見たことがない。あいつは本当に女に狂ったのだろうか。それとも期待という脳から生み出される恐ろしい薬物に狂わされたのだろうか。人間が残酷なのか、残酷な人間がいるだけなのか。そんなことを考えているうちに私はまたいつのまにか歩き出していた。どこまでも歩いていけそうな、人気のない、夜のイングランドの田舎町。黄色い街灯に照らされて私の二本の足は、まるで二頭立ての馬車のように主を運んでいく。

4 リンとの一日

コベントリーの駅でリンと待ち合わせた日は、ＩＲＡが停戦協定を無視してマンチェスターの市内でどでかい爆弾を爆発させた事件のあった翌日だった。前日の夜に電話したとき彼女は本気で怯えていた。「どうしてこんな日にわざわざロンドンに行かなきゃなんないの？　ロンドンもだけど、コベントリーだってターゲットになるかもしれないのに」。そのほうがもっとエキサイティングじゃないかという私を彼女は無視してしばらく電話の向こうで同じようなことばを繰り返していた。電話を切った後、ＩＲＡのテロと一緒に育ってきた彼女にすればあたりまえの反応であることに私はようやく気が付く。実際にやられる可能性は低いものの、イギリス人はメディアの恐怖報道に長い間さらされてきたのだ。

リンは大学院時代の同級生だ。私と同世代なのだが、今でもやせっぽちなので、ぱっと目には二十代の後半にしか見えない。パブで飲んでいて男どもに「ガール」と呼ばれるのが嫌だといつか言っていた。イギリス人は一般にとてもシャイ（内気）で、なかなか他人に心を許さない。十代の時は男性と話すだけで顔が真っ赤になったと言う。イギリスにはかつて「イレヴン・プラス」と呼ばれる制度があった。十一歳の時にIQテストと日本の難関私立中学入試を足して二で割ったような試験を受けて、それに合格すると、「グラマー・スクール」と呼ばれる高等教育学校に進み、それから大学に進学する。リンによるとこの試験に合格するのはクラスに一人くらいだったそうだ。

実学（職業教育）と大学（教養教育）をはっきりと分けて考える傾向の強いヨーロッパでは民衆は大学や大学教育にそれほど幻想を持っていない。今でもイギリスの金融市場のトレーダーは大学に行かなかった連中が多数を占めるし、大きな会社を経営しているトップの中にも大学を出ていない連中が結構いる。大学に行く者の大半は伝統的な地主階級（こんなのまだあるの?）というか、不労所得で暮らしている連中の師弟であり、彼らは有名なパブリック・スクールからオックスフォードやケンブリッジに進む。

「イレヴン・プラス」に合格して大学に進むのは労働者階級の中の一握りであるが、これは家柄だけを強調していてはいつのまにか国家の中枢はアホばかりになるので、才能のある者を広く国民から探そうという、いわゆる「メリトクラシー」の考えに基づいている。労働党だけでなく、保守党にもこの「イレヴン・プラス」の風にのって「グラマー・スクール・ボーイ」となった者が多くいる。だが、「イレヴン・プラス」の合格者からすれば、これは自分の属する階級、コミュニティーからの永遠の離脱となる。リンはもともとロンドンの近くで育ったのだが、エロキューションと呼ばれる発音矯正の学校に行かされたので、もう昔のことばは話せなくなったという。

イギリスの鉄道の切符の値段は非常に複雑で、私など覚えたくもない。たいていの場合、シングル(片道)とリターン(往復)の値段の差はごくわずかであり、何日か前に買うと割引になったりする。コベントリーの駅の窓口でリンは何やら早口で窓口のアフリカ系イギリス人の女性とことばを交わして往復の切符を買った。面倒くさいので、私も「セイム」と言って女王陛下の顔が印刷された二十ポンド紙幣を差し出す。連絡橋を渡ってホームに降り立ち、そこでロンドンのユーストン駅行きの列車を待つ。リンは、ドイツの友人たちから送られてきたバースデイ・プレゼントのビデオテープの話を始めた。全員のお尻のアップで始まり、そのお尻に「ハッピーバースデイ・リン」の文字が書かれていたそうである。なぜドイツかというと、彼女は多くのイギリス人のインテリがそうするように、大学卒業後しばらくドイツの大学で英語を教えていたのである。行って暮らしてみないとなかなか実感が湧かないのは当然であるが、フランスやドイツは「文化大国」である。イギリスやアメリカのアングロサクソン型の資本主義文化やその亜流である現代の日本文化即ちJ・POPカルチャーとはまったく違う世界がそこにある。

ユーストン行きの電車がやってきて、車内へ。中は結構混んでいる。席を見つけて向かい合って座るが、アジア人と白人の二人連れへの好奇の視線を感じる。まあ、この辺は田舎だから仕方がないが、ベルリンで長く過ごした経験のあるリンはまったくお構いなしで、さっきから喋り続けている。一度イギリスの外に出て、外の世界を楽しんだことのある連中はイギリスに戻ってこないことが多い。退屈なイギリスの田舎の生活に耐えられないからであるが、そうでなくても、アメリカ、オーストラリア、ニュージーランド、南アフリカと英語圏の国がたくさんあって、何も終生イギリスに忠誠を誓う必要はないのだ。

リンの白い顔をじっと見つめながら、私は伯母の顔を思い出していた。小さい時に梅田や道頓堀に連れていってもらい、鰻重や氷水を食べさせてもらった。年を取って見事な白髪になってからも真っ黒なサングラスを掛けてタバコを燻らせていたので、地元の小学生が「外人のおばあさん」と呼んでいた。アジア人の男の顔は西洋人の男の顔とまったく違って見えるのに、ある種のアジア人の女性の顔は西洋人の女の顔に似ている場合があるのはなぜだろう。それは私が男だからなのだろうか。リンの快活な笑い声を聞きながら私は汚れを拭っていない電車の窓の外に目をやった。古い石造りの橋、なだらかな緑の丘陵、そしてその向こうに薄い青空と低くたれた銀白の雲が見える。

スティーブン・バーコフというユダヤ系のイギリス人の劇作家がいる。不条理劇やマイムの要素を取り入れた独自の舞台で自身が主役を張る俳優でもある。シェイクスピアからハロルド・ピンターまで、ことばを主力とした演劇が主流であるイギリスではヨーロッパに比べるとバーコフへの評価は低い。彼はフランツ・カフカの作品を好んで劇化していて、例えば『変身』で、ある朝とつぜん虫に変身してしまう主人公のザムザの役をロンドンで演じたのがクエンティン・タランティーノの『レザヴォアー・ドッグズ』で腹を撃たれて血を流し続けていたティム・ロス。同じ役をパリで演じたのが、かのロマン・ポランスキー。そしてニューヨークではミカエル・バリシニコフ、東京では宮本亜門が演じている。「ドイツでもロンドンでも彼の舞台を見たことがあるけど、何て言うか、まったく彼の一人舞台で、他の役者は完全に脇役なのよね」、リンはそう言って笑った。私たちはこの白人優越車内でさっきからずーっとバーコフについて議論していた。というのもバーコフの新作の切符が手に入ったので、ロンドンにリンを誘ったのだ。

ユーストン駅で降りるとそこはまるで別世界だ。先ほどまで車内でちらちらと私たちを盗み見していたミッドランドの保守的な客たちも、人体という宇宙に拡散していく無数の血液の粒のように、メガロポリス・ロンドンに拡散していく。ノーザン・ラインでキングズ・クロスまで行き、そこでサークル線に乗り換える。チューブ（地下鉄）では駅に着くたびに独特の抑揚で「マインド・ザ・ギャップ」という放送が流れる。プラットフォームというのは基本的には直線でなければならないはずだが、実際には曲がっているプラットフォームの駅もある。車両は自由に直線になったり曲線になったりできないから、当然プラットフォームと車両の間に深溝の口が開く場合が出てくる。しかも奈落の底には高圧電流の流れているケーブルがあるので命が危ない。だから「マインド」(気をつけろ)「ザ」(その下の)「ギャップ」(深溝)ということになるのだが、これは如何にも十九世紀的である。実際流れている音声は一説によると第一次世界大戦の頃から変わらないという。多分これはイギリス人特有の誇張表現であろうが、久しぶりにこの放送を聞くと「ああ、ロンドンに戻ってきた」という気持ちになる。先ほどから十代の少年たちが放送の物まね大会をやっているが、彼らが四十代になった頃にもこの放送は続いているのだろうか。

さてブラックフライアーズに着いたので、狭いトンネルの中のような車内を後にしてホームに降り立つ。駅の名前からするとこの辺りでかつて坊主が集団生活をしていたのであろうが、日本の駅にも歴史を連想させるような、例えば「東映フライアーズ」のような駅名がつかないものであろうか。まあどうでもいいが、地上にあがると英国国教会の総本山セント・ポール寺院が見える。ドイツの空爆に耐えた由緒ある建物である。テムズ川がすぐ傍を流れ、ちょっと北に行くと有名な金融街、シティーがある。今日は休日で商いはお休み。トレーダーの姿はない。東に少し歩くと目指す「マーメイド・シアター」はすぐに見つかった。かなり大きな、そして結構近代的な建物で、劇場というよりは感覚的には企業のメセナでやっている美術館のようなイメージだ。バーコフは自宅を担保に借金してこの劇場を買い取ったという話だ。

イギリスというとカーナビート・ストリートとか、スインギング・ロンドンとか、ストリート・ファッションというか、モードのメッカという印象があるが、実際は道行く人々は恐ろしください。お洒落なミラノから来たような人は仰天する。というのも、この国はかつてドレス・アップを基本にしていたのだが、今はそうではなく、ドレス・ダウンがトレンドだからだ。ドレス・アップというのは、ちょうどかつてのブルースのミュージシャンがばっちりスーツとネクタイで決めていたように、普段着から脱却して襟を正すという思想である。丸首のシャツにハイカラーをつけてさらにネクタイを結ぶ。その上にウエストコート（アメリカではヴェストと言う）を身に付けて、若干丈の長い上着を羽織り、さらにステットソンでも被って、手には絞りに絞って杖のように細くした蝙蝠傘を持つ。上着の胸ポケットにシルクのハンカチを入れるのを忘れてはいけない。とまあ、外に出て相対する世界を威嚇するためにかつてはこのようにアイテムを重ねていったものだが、ヒッピーのミニマリズム以来、この国ではドレス・ダウンが基本になっていく。ネクタイは無用の長物であり、冬でも襟のないTシャツが基本であり、極力余計なアイテムは削り取っていく。そうすると肌が露出してくるから、差異化を図るためには刺青（タットゥー）を入れたり、耳や、鼻や、お臍にピアスをすることになる。

ところが六〇年代の初め頃はストリート・ファッションもまだドレス・アップが基本で、例のモッズ（なんと「モダニスト」の略らしい）なんかもイタリア・ファッションを真似たスーツを基本としていた。初期のストーンズやビートルズもだからスーツのユニフォームを着ている。話が長くなったが、テディー・ボーイからモダニストに移行する時代を描いた小説にコリン・マッキネスの『アブソルート・ビギナーズ』があるが、この作品は後に映画化され、バーコフもネオナチ風の右翼のボスの役で出演している。イギリス人の友人の話では、バーコフがハリウッドを含む映画にちょくちょく出るのは自分の公演の資金繰りのためだそうだが、はたしてそう単純なものかどうか。

さて肝心のバーコフの新作『コリオレイナス』だが、リンも私もちょっとがっかりした。バーコフはかつてのようなエゴを捨てたのか、ほとんど前面に出ることもなく劇はあっさりと終わってしまった。もちろん彼のフィジカル・シアターとしての見せ場はそこそこあったのだが、危険な香りが消えていた。劇場が清潔すぎて場違いな感じがしたのと、バーコフが太ってしまっていたのと、この日はちょうどサッカーのヨーロッパ・カップでイングランドがスコットランドと対戦することになっていたためか、会場ががらがらだったからである。

マチネだったので芝居がはねた後でも外はまだ明るい。リンとテムズ川沿いにしばらく歩く。「私のお父さんは第二次大戦の時にヨーロッパ戦線に行ってたの。だからその時の軍人メンタリティーが残っていて、つまり「動くものは撃つ、固められるものは固める」というやつでね、ラドロウの実家の庭はコンクリートで固めてあるわ」。リンはそう言いながらセミロングのブロンドヘアーをかき上げて笑った。テムズ川から吹き寄せる川風が心地よい。道路を挟んで反対側には大英帝国時代にしこたま稼いだ金で作り上げた巨大な建物が並んでいる。私たちの背後からゆっくり近づいてきた車から追い越しざまに怒声が飛んでくる。白に赤十字のイングランドの旗を振り、裸身の上体を車の窓から突き出したスキンヘッドだ。どうやらイングランドがスコットランドに勝って決勝に進出するらしい。「テツヤ、もうちょっと歩くと対岸に英国情報部のおニューのビルが見えるわよ。テムズ沿いに歩くのは久しぶり。気持ちいいからもう少し歩かない」。リンはスキンヘッドを無視して私の目を見る。

イギリスに来て最初に驚いたのはイギリスの女子学生が日本の女子学生とまったく違う生き物であるという事実だった。先ほどのフーリガンもそうだが、イギリスは一般に知られている以上に男性中心社会である。ゲーリー・オールドマンの監督作品『ニル・バイ・マウス』の中に、父親が母親をぼこぼこにするのを階段から小さな子どもが黙って見ているシーンがあるが、労働者階級だけでなく中産階級でも女性はそれほどハッピーではないように思える。労働者階級の女性は比較的自由に外に出て働くが、中産階級の女性は郊外のセミディタッチト・ハウスと呼ばれる、二軒がひとつになった一戸建て住宅の中に閉じ込められ、レースのカーテンから外を覗き見しているようなケースが多いからだ。ウォルター・スコットの小説に出てくるお城で有名な、ケニルワースという小さな町の酒屋の二階に下宿していたことがある。この時、退屈している中産階級の女性のお相手をほとんど毎日のようにしたが、彼女たちからうんざりするような話をさんざん聞かされた。もっとも人の幸せなど他人が量れるものではないからこの種の議論は常に不毛ではあるが。

イギリス人の女子学生はほとんどと言ってよいほどスカートをはかない。全員ではないが、質素な服装で質素な生活を送り、冬でも図書館の前のコンクリートの地べたに座り込んで、缶からタバコの葉を取り出してペーパーで巻き、煙を吹かしながら恐ろしく難しい本を読んでいたりする。とてもシャイで、見ず知らずの相手に自分から話しかけることはまずないが、こちらから話しかけると結構よく喋るし、笑うし、ジョークのセンスもいい。質素な生活と言ったが、夕食は特に北イングランドやスコットランドでは「ティー」と呼ばれ、軽くすませる。どれほど軽いかと言うと、スーパーで買ってきた、思いきり安いがさほど美味しくはない食パンをトーストして、その上に薄くスライスしたバナナを綺麗に並べて食べる。飲み物は紅茶を飲む時もあるが、面倒なのでパイント・グラスになみなみと注いだ水道水ですましても平気だ。これがほぼ三六五日続くのだから並大抵ではない。税金の関係でシガレットと呼ばれる箱入りのタバコは日本の倍以上の値段がするので、彼女たちは「タバコ」と呼ばれる缶入りの葉タバコを吸う。これはその時吸いたい量だけ吸えるのでさらに合理的である。こういう姿を見ると私などは彼女たちを抱きしめたくなるが、彼女たちは抱きしめてほしいとは思っていない。

リンはドイツに長く住んでいたから他のイギリス人とは少し違うが、若い時のこのような経験がバックグラウンドにあるので、金銭に関してはかなり合理的な思考をする。つまり無駄に使わないし、無駄に賃労働に従事しない。思えば六〇年代のヒッピーの原点はピューリタン（清教徒）的倫理からくる資本主義のワーク・エシック（労働倫理）の拒否ではなかったか。大英帝国の没落にはいろいろ原因があると諸説紛々であるが、ぼろ布のように酷使された親の世代を見て育った連中は「怒りをこめてふり返り」、冷静にこの資本主義のワーク・エシックを拒否しえたのではないか。

リンとあれこれ喋っているうちにトラファルガー広場にさしかかった。トラファルガーと言っても広場に睨みを利かしているのはライオン像である。広場は一面サポーターで覆い尽くされ異様な光景だ。「あれって、男ばっかしでしょ」とリンは言う。なるほど野郎ばっかしだ。ここは禁酒法の痕跡が残るアメリカ東部ではないからみんな堂々と缶入りのラガーを飲んでいる。

さて、ちょっと時間もあるし、休日だからノッティング・ヒルのフリー・マーケットに行ってみるか。パブの前ではしゃいでいる、恐ろしく短い白のミニの女性たちを眺めながら、トッテナム・コート・ロードの地下鉄の駅へ。バス、地下鉄の両方に有効なワン・デイ・トラベル・チケットというのを買っておいたので小銭を出す必要がない。ノッティング・ヒルで降りて、ダブルデッカーに乗る。二階席に腰をおろして街を眺める。「この臭い、この騒音、これだから大都市はいいわ」とリンはすっかり旅行者気分だ。

ノッティング・ヒルのフリー・マーケットには以前アイラ・コーエンとその取り巻きたちと一緒に行って以来だ。あの時、アイラはアムステルダムからの帰りで、ブルームズベリーにある「オクトーバー・キャラリー」に泊まって朗読会をやっていた。フリー・マーケットを歩いているとイングランドの旗を全身にまとって、ぐでんぐでんに酔っ払ったフーリガンたちが歌を歌いながら通り過ぎていく。と、そのうちの一人が私のところにやってきてもの珍しそうに私の目を覗いていたが、しばらくして、リーダーらしき大男のスキンヘッドが私の目の前の男の名前を呼んだ。男はよろめきながら立ち去っていく。

フリー・マーケットを外れてバス乗り場のほうに向かっている時のことだ。「確かこの辺だったわ」とリンが地味なビルの一角を指差す。彼女は活動的なコミュニストだった時代があって、その時のリーダーがこのあたりに住んでいたという。彼女も私もマルクスやレーニンの著作はソ連製の廉価版で読んだ世代である。「いい人だったんだけど、私の思想をすべて支配しようとしたから、結局けんか別れというか、お互いを理解できないままサヨナラということになったのよ」。日が翳り出した街路で遠くを見つめながら彼女はぽつりと言った。

ビクトリア朝風の建物が並ぶ瀟洒な住宅街を抜けると、まっすぐ空に向かって伸びている巨大な木立の並木道だった。今日はマーメイド・シアターで幕間に飲んだ紅茶以外なにも胃に入れていないことに気づく。恐る恐るリンを日本食に誘うと、意外にもそうしようという返事だ。そこで地下鉄でレスター・スクウェアまで行き、ここに来るとよく立ち寄るチャイナ・タウンの日本食レストランに向かう。店は混んでいたが、幸い二階に席がひとつ空いていたので、麒麟麦酒を飲みながらにぎりのセットを食べる。客は圧倒的にイギリス人が多い。ほぼ空っぽの胃の中にビールと寿司が吸い込まれていく。食べ物は第二のドラッグだ。食するものによって私たちの意識は異なった鋳型にはめ込まれていく。リンは割り箸に悪戦苦闘しながらもゆっくりと口を動かしている。彼女のかつてのルームメイトで、アフリカに戻ったロレンスの噂話に花が咲く。彼とは一度大学の大学院生向けのクラブでリンともども一緒に飲んだことがある。頭のいい、体のごつい、クインシー・ジョーンズのような眼鏡をかけたハンサムな男だった。その後、国際機関で働くことになった彼が、この一年後に母国で謎の死を遂げるとは、この時のハッピーな私たちにはまったく想像もできなかったのである。

5　追憶のバビロン

神戸から大阪の南部にある人工島の関西国際空港へは大型のホーバークラフトに乗り水路で向かうのが常であった。直線距離で二十五分ほどで着くし、交通渋滞もない。そして私は何より川や海の上を船で移動するのが好きだ。バンコクのチャオプラヤ川やアムステルダムの運河での舟遊びにはかなわないものの、ほとんど絶滅しかけている日本の水上交通のなかにあってこの神戸・関空間のホーバークラフトの旅は数少ない楽しみのひとつであった。たがこのホーバークラフトが廃止になり、この朝の船旅が最後の旅となった。佳人薄命というか、奢る平氏は久しからずというか、あのガラガラの船内と映りの悪いテレビをもう見ることができないのは寂しい。

空港に着き、銀色に輝く巨大なトランクをがらがらと引きながら飛行機会社のカウンターに向かっていると左のほうから視野の中に私とほぼ同じ背格好、同じ年齢の外国人の姿が飛び込んでくる。今回の旅に同行するロバート君である。彼は生粋のロンドン生まれで、過去に何度も一緒に仕事をした仲である。エコノミーのチェックイン・カウンターに向かう。すでに結構な数の旅行客が列に並んでいる。

前回カウンターの女性の英語を褒めちぎってうまい具合にエコノミー・クラスからビジネス・クラスにアップグレードすることができたので、今回も一芝居打とうという計画だ。アムステルダムまで約十二時間、そこで飛行機を乗り換えて四十分ほどでロンドンのヒースローなのだが、この十二時間、箱詰めにされたようなエコノミー・クラスの座席にシートベルトで縛り付けられているのと、シャンパンを飲みながらゆったりとした席でくつろげるビジネス・クラスとでは天と地の違いがある。

待つこと三十分、ようやくわれわれの番が来たのだが、あいにくわれわれの相手をしたのは煮ても焼いても食えそうにない係員だった。ロバートは一応くどこうとしたが、あっさりと断られる。おまけに非常扉の横の席も、スクリーン前の席も全部ふさがっていて、われわれは結局箱詰めにされる運命となった。

手荷物検査の前に長蛇の列ができていたので、すわっ、テロ関連で荷物の検査が厳しいのかと緊張するが、なんのことはない。人手が少ないので混んでいるだけであった。ボーディングはぎりぎりの時間にすることにして、空港のカフェへ。空港内は禁煙ということになっているが、カフェには灰皿が山のように積まれている。私は大藪春彦のアクション小説に出てくる主人公のようにマールボロ・ライトを吹かしながら朝食を平らげるロバートを見る。

飛行機が日本海上に出たところで食事が始まる。食前酒にロバートはイギリス人らしくジントニックを二杯呷る。私はバーボンを要求するが、ないと言うので、仕方なくトマトジュースを肴にスコッチをダブルで呷る。機内食を安物の赤ワイン二本で流し込み、さらにデザート代わりに缶ビールを飲んでいると、気圧の関係か酔いが早く回ってきて、ロバートも私もかなり酩酊してきた。話はロンドンの歴史から突然、共通の知人の悪口になり、彼らを最大級のけなしことばで嘲笑しているうちに会話は俄然盛り上がってくる。食後酒のコニャックが来たのでこれも次々に杯を重ねる。他人にはいい迷惑であろうが、当人たちに他人のことを慮る余裕はない。嘲笑が哄笑に変わっていった頃にはすでにコニャックは三杯目で、CAの顔から微笑は消えていた。六杯目を要求したところ、「あなたたちは飲みすぎです」と、きついお叱りを受けた。酒がなくなったので他にすることもない二人は泥の眠りを貪る。

惰眠を貪っている間に私はかつて訪れた北アイルランドのことを思い出していた。私の場合、酒で眠っている時には意識がどこかで醒めていて、完全に眠ってしまうということは余りない。常に何かを感じ、何かを追憶しているのだ。何かを思い出したり、長い間わからなかった心理的な葛藤の原因がわかったりすることがあるので、将来私の心が今以上に病んでどうしようもなくなったらセラピストではなくアルコールがもっと必要になるだろうという予感がする。酒によって間接的に乗り越えてきたハードルはたくさんある。飲み過ぎると体に悪いが、飲み過ぎないとこのハードルは越えられないのである。

あの時は愛車ジャガー（実際は年式の古いフォード・エスティマ）を駆ってケンブリッジからバーミンガムへ、バーミンガムから北上してひたすら北へ、北へ向かい、やがてかつてモリッシーが歌っていたザ・スミスの曲で散々耳にしたものの実際には行ったことのなかったカーライルという地方都市に到着した。ヨーロッパには小さくても由緒ある小さな城壁都市が多数あるが、ここもそのような由緒ある都市だ。車を市の公営駐車場に止めると市内をゆっくり歩く。降りそうで降らない雨空の下、新聞やお菓子を売っている店を発見した。外国人の姿を見ることの少ない僻地でいつも経験することだが、興味をそそられたらしい店の親父がやってきて「お前は何人だ」という質問を浴びせてくる。日本人だとわかると早速ラグビー談義になる。ちょうどワールドカップがイギリスで開催されていて、日本チームは歴史的敗北を喫することになったが、親父はイングランド・チームを糞みそにけなした。スコットランド西端の岬からフェリーで北アイルランドに行くという私の旅程を聞いて、親父は「あそこに行くまでは曲がりくねった危険な道が続くから、あらゆるウイットと知性を使って危機を切り抜けるのだよ」とシェイクスピアのような響きの威厳ある北部英語でアドバイスをくれた。

親父の予告どおり、確かに半島からフェリーの港までは見通しのとても悪いヘアピンカーブが続いたが、奇跡的に小さな接触さえなく無事に港に到着した。のんびりとした船旅の後、北アイルランドの港に到着すると、新聞や小説などでなじみの北アイルランドの治安を一手に引き受けているアルスター警察の警官が待ち受けていた。ほとんどの車はフリーパスだが、二名の拳銃を携帯した若い警官は運転している東洋人の私の顔を見て慌てて制止にかかる。黄色い肌のＩＲＡ戦士などいるわけないだろうが、恐らく異物を発見した時の咄嗟の反応のようであった。一応トランクも開けたが、二人のハンサムなプロテスタントの警官は終始にこやかであった。

検問を終えて一路ベルファーストに向かう。一九九八年の和平合意のテーマソングとなったヴァン・モリソンの「デイズ・ライク・ディス」をボリューム一杯にしてベルファースト市内に入るものの、時すでに遅し、市内のレストランはすべて閉まっている。なんとか、ホテルのレストランを発見し、夜の十時過ぎにようやく夕食のテーブルに着くが、ここはかつてＩＲＡによって爆破されたヨーロッパ・ホテルであった。食事を終えて外に出るとアホウドリの大群がいた。連中は死んだ鳩を貪り食っている。えらいところに来た。再びジャガーで市内を回るが、道を間違えて高速道路に侵入してしまい、夜の高速道路を逆行するが、たまたま見つけた出口から脱出し、ようやく宿舎のＢＢ（日本の民宿にあたる）に戻ったのが深夜で、信じられないくらいに巨大な部屋でぐっすりと眠る。

翌朝、応接室のような豪華な調度の食堂で朝食を食べているとテレビに前夜のカトリック系住民とプロテスタント系の住民の衝突や、ＩＲＡの政治組織であるシン・フェイン党の総裁、ジェリー・アダムズの市庁舎前での演説の様子などが映し出される。髭面にメタルフレームの眼鏡をかけたジェリーが「われわれはＩＲＡを忘れたわけではないぞ」とアジると、市庁舎前の広場を埋め尽くした聴衆がどっと沸く。「これだこれだ」とアメリカ人のＢＢの旦那が、といっても二十代後半だが、テレビのボリュームをあげる。それに応じたのは私だけで、他の泊り客はしらーっとしている。ボルチモアから来たというあのナイーブなアメリカの若者、彼は私にヴァン・モリソンの生家への行き方を詳しく教えてくれたが、とてもきつそうな地元出身の若い妻とあいつは今ごろどうしているだろうか、などと次々に追憶のシーンが出てくる。この時、私は初めてイギリス全土に住む人間が、とりわけロンドンのような大都市に住む人間がアイルランド人の運命に極めて無関心であることに気づいた。今日のパレスチナ問題にしても、印パ紛争にしても、キプロス問題にしても、とにかく世界中の多くの民族対立や宗教戦争の原因の大半は、それらの住民の運命に極めて無関心な一握りのイギリス人によって生み出されたのだ。

目が醒めた時にはすでにスカンジナビア半島の上空に差しかかっていた。二度目の食事が始まる。ここで私たちは再びビールをがぶ飲みしながら綿密な打ち合わせをする。ロンドンに関して言うと、日本人観光客が訪れるのはウエスト・エンドと呼ばれる一帯だ。ここは案外狭くて歩いて全部見ることができる。ウエスト・エンドはテムズ川の北側に広がるが、川の南側はサウス・ロンドンと呼ばれ、結構危ない地域だ。逆にウエスト・エンドから北側に伸びる一帯はベッドタウンで、住宅以外にあまりたいしたものはない退屈な地域である。今回はこのいずれでもなく、ロンドンの下町にあたるイーストエンドと呼ばれる地域をくまなく歩こうというわけである。イーストエンドについてロバート君からレクチャーを受ける。

　飛行機はアムステルダムのスキポール国際空港をめざして着陸態勢に入った。しばらくしてガガンと車輪が地面に接触する音が伝わってきて、逆噴射の最後っ屁とともに着陸。しばらく待たされたあと外に出るが、二人ともひどい二日酔いの状態で空港内をふらふら歩く。スターバックスならぬスターブルックというカフェで巨大なカフェラテを胃に送り込み、マールボロ・ライトを二本灰にする。それから再び空港内をふらふら歩いていると、ひとり年配の女性が奇妙な声を出して歩いている。アラブ系の女性かと思ったが、手にしているチケットはテヘラン行きなので多分ペルシャ人なのだろう。英語が全然話せない上に、どうやらアルファベットも読めないので、自分の乗る飛行機がどのゲートから出るのかわからないらしい。出発時間はすでに過ぎているが、必死のアナウンスが聞こえるので、どうやら彼女の乗る飛行機は彼女を待っているらしい。ロバートが懸命に身振りで搭乗口を教えている。ペルシャ語による案内がないのか、あるいは彼女はそのペルシャ語もわからないのか、そもそもそんな彼女がなぜこの空港にいるのか、どうやってこの空港にやってきたのか、謎は深まるばかりだが、なんとか彼女をゲート近くまで送り届けたロバート君のヒューマニズムには感動した。

ヒースローに到着後トランクを引きずりながら地下鉄へ。ヒースローからロンドン市内に直行する鉄道便も設けられているが、冗談かと思えるくらいに値段が高いので、イギリス人はほとんど誰も乗らない。この新しいサービスを除けば、今でも地下鉄がもっとも早く、しかも最も安く旅行者をロンドン市内に運んでくれる、はずである。「はず」というのは、鉄道に加えて、地下鉄までそのサービスが怪しくなってきたからである。駅と駅の間の真っ暗なトンネルの中で突然立ち往生して、下手をすると三十分くらい動かないことがままある。他にも地下鉄の恐怖はあるのだが、今はやめておこう。ともかく狭い地下鉄の車内に腰をおろしてロバート君と雑談していると私たちのちょうど反対側にアラブ人の親子が座る。二十代前半の娘が恐ろしく美しい。ロバートも私と同じことを思ったらしい。私たちは日本語で話し始める。周りの人間に聞かれてはまずいことがあると、日本では英語に、イギリスでは日本語にスイッチするのが私たちの風習である。

コベントリーに住んでいた時、アラブ人の女友達がいて、彼女の部屋にしょっちゅう遊びに行った。彼女の部屋には友人らしいアラブ人女性がよく来ていた。その友人たちの美貌に驚愕し続けたことを告白すると、ロバートは、その通りだと深く頷く。強そうな母親が付いているが、ここはひとまずアタックしてみるか。「成せば成る、成さねば成らぬ何ごとも、ナセルはアラブの大統領」という古いギャグを飛ばすが、日本語のネイティブ・スピーカーではないロバートには通じない。そうこうしているうちに私たちはラッセル・スクエア駅に着く。

夕方の人と車でごった返すロンドン市内を、従者もいない二人の没落貴族という風体でトランクをがらがらと引きずりながらわれわれはアイルランド人が経営するホテルに向かう。ロバートに言わせると、IRAは同胞をテロったりしないからロンドンでもっとも安全なホテルというわけであるが、IRAの分派であるリアルIRAが爆弾を仕掛けたらどうなるのだろうという野暮な質問はしない。今でこそシン・フェイン党の総裁、ジェリー・アダムズの肉声をテレビで聞くことができるが、長年彼の肉声はイギリス人の公共のテレビ放送では禁じられていて、吹き替えをしていたのは、なんと、フィールド・デイ・シアターの名優、というより日本ではニール・ジョーダン監督の『クライング・ゲーム』などでより知られているはずのアイルランドの名優、スティーブン・レアであった。

荷物を狭い部屋に放り込んでから、ロバート君とさっそく風の冷たいロンドンの街へ。ガンジー像（鑑真像ではない）のあるタビストック・スクエアーを抜け、ロンドン大学のやたら長い建物を通り過ぎ、チャリング・クロス・ロードへ。ライブ・ハウスの前を通りかかるとすごい人の群れだ。メイビー・ゼイ・アー・ジャイアンツがギグをやるらしい。人ごみを掻き分けるようにしてソーホーに入る。なぜか白人が引く人力車が何台も走っている。こいつら何してるんだ。角々にはドイツやフランスの町を真似したカフェがある。このくそ寒い、男と女のいる舗道で、超ミニスカートから白い腿を剝き出しにしてコーヒーを飲んでいる若い女性たちの姿が見える。こいつら本当に何してるんだ。

「ジミー」という演劇関係者がよく利用するギリシャ料理店に入る。中に入ったとたん湯気で眼鏡が白く曇る。ギリシャ語が飛び交う店内は混んでいたが、なんとかテーブルを見つける。オリーブの実を肴にギリシャ・ワインを味わう。ワインは美味いが、困ったことにタルマ・サラートなんぞを食っているうちに完全に食欲がストップしてしまった。日本時間にすると朝の六時であるから当然か。約十八時間飲み続けているわけだから体のほうも休みたいはずだ。メイン・ディッシュにはほとんど手をつけずにほうほうの体で「ジミー」をあとにする。

投宿したホテルのシャワーやバスは共同になっている。自室にシャワーやバスがある場合、スイートなどとホテル側は呼んだりするが、なんのことはない単なる風呂付きの部屋であることが多い。一方、われわれのような部屋はベイシックなどと呼ばれる。まあ何でもいい。熱い湯が出て、清潔なタオルがあって、暖かいベッドさえあれば文句はない。シャワーを浴びて、部屋に戻るともう瞼がくっつきそうである。横になるとあっという間に睡魔に連れ去られていった。

翌朝八時にきっちり起きて英国式の朝食を取る。暖めた厚い皿の上に、ベーコン、とろとろの目玉焼き、炒めたトマト、ビーンズと呼ばれる大豆の甘く煮たものなどを大量に載せて頬張る。これらがおかずで、薄いトーストがご飯にあたる。味噌汁に相当するのが大量の紅茶であるが、今日はコーヒーにする。まだまだまずいが、イギリスのコーヒーはこれでもマシになったほうだ。かつては泥水のような飲み物で、おまけに恐ろしくぬるかった。

ロバートも朝食に合流して、今日の行動計画を練る。朝の八時といってもイギリス特有の曇り空で、地下の食堂の窓から見上げる外はどんよりと暗い。騎馬警官がパッカ、パッカと馬を駆る、乾いた音が聞こえてくる。互いにジョークを連発して騒いでいるのはわれわれ二人だけで、他の泊り客たちは壮厳な雰囲気だ。インド亜大陸からやってきた若者、中国系の女性、アラブ系のビジネスマンたち、西インドからの黒人の紳士、学生風のアイルランド人、スコットランド人の労働者、なんでもありの人種構成がロンドンらしい。部屋に戻ってタバコを吸いながら取材の準備をする。

バスや地下鉄を何度も乗り換えてアイル・オブ・ドッグズに向う。ヘンリー八世がこのあたりを狩猟場にしていたのでこの名が付いたという。乗り換えの最後は運転手なしで動いている電車で、これに乗ってキャナーリー・ウォーフまで行く。かつてこのあたりにはたくさんのドックがあった。それぞれが西インド・ドックとか、東インド・ドックとか呼ばれていて、つまり大英帝国の植民地ごとの船着場になっていて、それぞれの荷揚げをしていたのである。現在はカナリア諸島からの船が荷揚げをしていた、このキャナーリー・ウォーフだけが名前として残っている。ほとんど客のいない無人運転の電車から殺風景な駅に降り立ち、巨大ビルが立ち並ぶ界隈を歩く。

「サッチャーはこのあたりに住んでいた港湾労働者とその家族を追い出して、そのあとに一大ビジネス・センターを作り上げたんだ。まあ、現代のバビロンだ」。ロバートはにこりともしないでそう言った。私たちは巨大な鉄とガラスでできたビジネス・コンプレックス・ビルを通り抜けて再開発されたウォーターフロントに向かう。コンクリートで固められた公園まで歩いていくとパトロールしている男と女の警官の姿が見える。そういえば数年前にこの近くのビルがＩＲＡによって爆破された。かつてイギリスの新聞社の多くはフリート・ストリートに集まっていたのだが、かなり激しい労働争議を経たあと、その爆破されたビルに新聞社が移ってきたのであった。ミラノに住む友人が、左翼のテロの対象は大体決まっているのだが、極右のテロの対象は無差別であると語っていたのを思い出す。かつてのＩＲＡのテロの対象はイギリス議会、軍事・警察関係、そして王室など支配機構を象徴する場所に決まっていた。

男女の若い警官が私たちを凝視している。負けてなるものかと睨み返し、さらに彼らのほうに接近していくと二人の警官は急ぎ足で立ち去っていった。

ドックランドにはまだ古い木造のクレーンの土台や、倉庫を盗賊から守るための外壁に付けられた忍び返しが残っていたりして、大英帝国のうめき声が地下から聞こえてきそうである。メモを取ったり、写真を撮ったり、互いの揚足を取ったりしたあとバス停に向かう。ロンドン市内にはフォークス・モアという建築家が建てた異様な教会がいくつか残っていてちょっとしたランドマークになっている。フォークス・モアについては、ピーター・アクロイドによる同名のポスト・モダン小説があって、私もロバートも前から関心を持っていた。この近くに彼の建てた教会のひとつがあるので、それを見にいこうということになる。

バスを待つが、待つとなるとなかなか来ないのがバスだ。それはロンドンでも大阪でも同じだ。人気のないバス停で佇んでいると何となく殺気を感じる。私たちには見えないが、誰かが私たちを見ているような感じなのだ。かなりやばい感じである。この辺は一歩中心から離れるとかなりやばい地域なのだ。だが、何かが起こる前に幸いなことにバスが来た。私たちはバスに駆け込む。ロンドンのバスはアナウンスも何もない。地元の人間のための乗り物だからだ。目的地が近づいたら、適当にベルを鳴らして降りるだけである。ロバートでさえ必死の形相で外の景色を見つめている。ここだとばかりにベルを鳴らして転がるようにして外に降り立つ。ビンゴ！　フォークス・モアの教会のすぐ近くに軟直陸したようだ。まるで呪いが凍りついたような白亜の教会の敷地内に入る。敷地内には異様な形の墓がいくつも並んでいる。現在でも現役の教会のようだが、しっかりと外部者には閉ざされているようで中には入れない。

「テツヤ、腹が減ったな。この近くにスティーブン・バーコフも常連にしている、十七世紀以来のいいパブがあるから、そこでメシを食わないか」とロバート。諸手を挙げて賛成である。イギリスのパブは、いわゆるキッチンのあるパブと、それがないパブの二種類に分かれる。前者では昼時に食事にありつける。フォークス・モアの教会から歩くこと二十分、目的の由緒あるパブに着く。高級車が前に駐車している。すわっ、バーコフかと思いきや、何のことはない、どうやら金融や証券の中心地であるシティーのディーラーらしき連中がテーブルを囲んでいるだけであった。

まずカウンターでビール、日本の純米酒に相当するイングリッシュ・エール、を注文して喉を潤す。それから席についてプラウマンズ・ランチと呼ばれる定食を注文し、二杯目のエールの入ったパイント・グラスを手にしてテラスに出る。するとそこには信じられない光景があった。ここはテムズ川の下流なのだが、木製の古い杭の向こうには砂浜が広がっているのだ。ウエスト・エンドのテムズからはとても想像できない景色である。ひょっとするとこれが本当のロンドンの姿ではないのか。テーブルに戻ってプラウマンズ・ランチ、即ち、「農夫の昼飯」である新鮮な野菜、チーズ、パンを食していると、イングリッシュ・エールの心地よい酔いに、魂は十七世紀の前世の霊に出会う。騎士のヘルメットを被ったその霊は私を直視すると言い放った。

「友よ、明日は出陣だ。暴虐の嵐に立ち向かい、国王の息の根を止めるのは私たちなのだ」。

おい、ちょっと待ってくれよ。俺たちは観光に来たのじゃなかったのかい。酩酊した私の顔を見てロバート君が笑っている。時は今、イングランドなのだ。

6　ホワイト・チャペルの切り裂きジャック

パブを出た私たちは再びバスに乗り、旧ユダヤ人街のホワイト・チャペルに向かう。アメリカに比べると、イギリスにはユダヤ人の数は少ないのだが、第二次世界大戦前にはかなりの数のユダヤ人がイーストエンドに住んでいた。いろいろと専門用語があるようだが、イギリスにやってきたユダヤ人は大まかに言って、スペインなど南ヨーロッパにルーツを持つ人々と、なんとかビッチとか、なんとかスキーとかいう名前のついた東ヨーロッパ出身の人々に大別することができるそうだ。バスの中からパン屋だとか花屋だとか小さな商店の並ぶ町並みを眺めながら、私はぼんやり同行のロバート君の解説を聞いている。私たちのすぐ前には、滑っていかないように片手でベビー・カーを押さえ、もう一方の手で長い金髪をしきりにかきあげている、ひどく生活に疲れた二十代後半の主婦と、両手にプラスチックの買い物袋をさげた、どうやら子育ての終わった五十代の女性が大きな声で世間話をしている。半世紀近く前の大阪市バスの中のような光景である。ロバートの話は続く。

もっと昔にもユダヤ人はいたそうだが、いろんな事情でユダヤ人の入国を禁止していたイギリスが久しぶりに門戸を開いたのはクロムウェルの時代だったという。クロムウェルというおっさんは突然変異的な、妙な奴だ。書きにくいのでここではとりあえずクロちゃんと呼ぶが、クロちゃんは他のヨーロッパの共和制論者に先立って、国王に歯向かい、王制を破壊しただけでなく、王様の処刑までしてしまった。清教徒革命というやつだが、いろんな面で天才的であったこのクロちゃんは特にマーケッティングで絶大な手腕を発揮したのではないか。

「おまえたちは、ずーっと、ひどい目にあわされてきたじゃないか。いいか、よーく考えろ、このバカ。おまえたちをだまされやすいバカにしてきたのは誰だ？　おまえたちの頭を空っぽのスイカのようにして、おまえたちの流した汗、おまえたちの涙の努力が結んだ実を吸い取って、日に日におまえたちのそのバカな頭で想像もできないような贅沢をしてきたのは誰だ。このままだまされて死んでいくのか。ぼろぼろになるまで働かされて、なんの楽しみも味わうこともなく、女と交わることもなく、三十かそこらでぼろぼろの体で死んでいって、それでいいのか」。

とまあ、こんな風にアジったかどうかは知らないが、軍事の天才でもあったクロちゃんは民衆の圧倒的な支持を受けて、進軍、進軍。こっぱみじんに王党派の軍隊を蹴散らし、城を破壊し、抵抗する敵軍兵を殺戮した。カトリック支配の強いアイルランドまで遠征し、ダブリンの郊外で多数のアイルランド人を虐殺したとも言われる。「ユダヤ人に再び門戸を開いたのも、その同じクロムウェルなんだよ。人権を尊重したからなんだが……」。ロバートも矛盾に気が付いているようである。バスが停車して、頭に小さな白い帽子をちょこんと乗せた少年たちがたくさん乗り込んできた。その帽子というのはユダヤ人が礼拝する時に被るやつとよく似ている。ただユダヤ人が被るやつが黒なのに対して、少年たちが被っているのは白である。少年たちはみんな上機嫌だ。インド亜大陸出身のアジア人で、みんなハンサムで、自信に満ち溢れている。彼らの元気な姿はこの街で誰が多数派なのかを物語っている。

クロちゃんは海の向こうのアムステルダムをよく観察していた。日本人にはネロ少年と彼の愛犬パトラッシュで知られているお隣のアントワープと同様、アムステルダムではスペインあたりから逃れてきたユダヤ人商人が活躍していた。スペインでユダヤ人追放、そして恐怖の異端審問が始まったのが、一説によると一四九二年、つまり巨万の富を追い求めて新大陸をめざした大航海時代の幕開けにぴったりと重なる。キリスト教は時代の変化に合わせその教義を少しずつ修正してきたが、もともと他人に金を貸して利子をとって儲ける金融業は固く禁止されてきた。だがこれでは金から金を生み出すという資本主義は発達しない。それならキリスト教徒ではない連中に金融業をやらせればいいというのが、クリスチャンの実際的というか、勝手な理屈である。とにかくアムスではうまくやっているらしい。なんとか俺たちもうまくやれないものか。そうだ、ユダヤ人に門戸を開放すればよいのではないか。それだ、それだ。だが、待てよ、理屈がいる。国の方針を変えるのだから、何でもいい、理屈を考えろ。では、閣下、人権というのはどうでしょうか。何、人権？　はい、人権というのは、人種、信仰、信条の違いにかかわらず、人間である限り誰にでも認められるべき、普遍的な権利なのです。そうか。なるほど、それはいい。よし、人権だ。ユダヤ人を呼べ。

というような会話がクロちゃんとそのブレーンの間で交わされたかどうかは知らないが、ロンドンはアムスを模倣することになる。実際ロンドンにある大きなシナゴーグ、つまりユダヤ人たちにとって重要であった信仰と情報交換と社交の場であるが、それはアムスのシナゴーグを真似て造られたという。アムスの街を歩いていると、時々ロンドン、とりわけイーストエンドを歩いているような錯覚に襲われる。

バングラディッシュの少年たちも、白人の女性たちの姿も、もはやバスの中にはなかった。私たちもバスから降りる。どうも方向を誤ったようだ。ロバートがバスの路線図を必死に見ている。有名なカードゲームであるモノポリーのイギリス版にも出ているので有名なホワイト・チャペル行きのバスを探す。小さなポリス・ステーション、日本式に言うと交番のようなところがあったので、中に入る。防弾ガラスのドアは固くロックされていて、インターフォンで用件を述べると、ズーッ、というブザー音のあと、カチッとロックが外れる。カウンターの向こうの若い警官二人に行き方を尋ねるが、二人ともよくわからないようだ。あきらめて再び重い防弾ガラスの扉を押して外に出る。「なんで税金を払っているのだろう」とロバートが愚痴るが仕方がない。通りがかりのおばさんに聞いてようやくバス乗り場がわかる。

さてユダヤ人の歴史だ。ともかくこの人権思想によって、思想、信仰などで圧迫された人々がロンドンにやってくる。ロンドンに来て彼らが最初に落ち着いた場所がイーストエンドであった。というのも、ここは港に近いからだ。ヨーロッパのカトリック圏から逃れてきた新教徒、ユグノーと呼ばれた連中もイーストエンドに住み着いたらしくて、彼らの住居も少しは残っている。やがて第一波のユダヤ人たちの中で成功した者たちはロンドンの中心街や郊外に移り住んでいくが、ユダヤ人街が消滅したわけではない。地中海に面した国々から追放されたユダヤ人たちは東ヨーロッパにも移り住んだが、やがて二十世紀の初頭あたりからここでも風当たりが強くなってくる。『屋根の上のバイオリン弾き』の世界である。彼らはカトリック圏を避けて、イギリスにたどり着く。その中の多くの者がさらに大西洋を渡ってアメリカに行くことになるが、イーストエンドに定着する者もあった。

私たちはやってきた目にも鮮やかな赤のダブルデッカーに乗り込む。車内はがらがらだ。二階に上がって、一番前の席に座る。街路樹の枝がバスの窓ガラスにバチ、バチ、と、音を立てて当たるが、運転手は気に掛けずバスを走らせる。やがてホワイト・チャペルに差し掛かる。ロバート君の話を聞きながらぼんやりと町並みを眺めていると、突然巨大なモスクが視界に入ってきた。九・一一事件の直後だったから、大勢の警官がモスクを何重にも取り囲んでいる。背を高く見せて相手を威圧するために着用する、あの黒い警帽を破って、蛍光色のジャケットを着込んだ白人の警官たちの前をバスはゆっくりと通り過ぎてゆく。

とにかくホワイト・チャペルに住む人たちは恐ろしく貧しかった。豊かなウエスト・エンドから一歩イーストエンドに入るとそれはほとんど魔窟のような世界であったらしい。シャーロック・ホームズの生みの親であるコナン・ドイルを始め多くの作家がイーストエンドを舞台にした作品を書き残している。売春、アヘン、ギャンブル、なんでもありの世界だったようだ。貧しいと生き残るために人間はいろんな工夫をする。犯罪のような悪の面もあれば、相互扶助とか社会改善とかいうアイデアもここから生まれてきたという。私たちはバスから降りて、街の中を歩く。

ヒトラーはロンドンを激しく爆撃したが、特にイーストエンドは港に近く、またユダヤ人が多く住んでいたので、かなり激しくやられたようで、ユダヤ人たちは家を失い、そしてコミュニティーを失ってしまった。だからユダヤ人の住むイーストエンドはもはやセピア色の写真の中にしか残っていない。だが、度重なる空襲にもかかわらず、焼け残った建物や、街の造り、時間が止まったかのような標識や、煉瓦造りの建物に埋め込まれたプレートの住居表示などから、少しは戦前の街を想像することもできる。

ロバートの詳しい解説を聞きながら歩き回っている間に激しい尿意をもよおした。目の前に有名な市場があるが、トイレはとてもなさそうなので、瓦礫で埋まる路地の奥に入り込み用を足す。ほっと一息入れてあたりを見回すと、なんとコンドームがいくつも投げ捨てられているではないか。夜にここを利用する連中が結構いるようだ。

広告でボクシングの試合があるというので、興行主のところに何回か電話を入れたが要領を得ない。拳闘はあきらめて、新人監督によるユダヤ人移民をテーマにした映画、その名も『エスター・カーン』というやつが近くの小屋でかかっているので、それを見にいくことにする。小さな、まるで高校の視聴覚教室のような会場に入ったが、観客はわれわれの他には、二十代前半の、ヒッピー風の女性ひとりであった。本編が始まるまえにコマーシャルがある。このコマーシャルがなかなかよくできている。多分ドラッグか何か、やばい物を運んでいる若くてセクシーな女性がトイレに飛び込んでくる。汗まみれの彼女の体臭が匂ってくるようなアップの映像である。トイレには黒いグラサンを掛け、白い杖を手にした男性が椅子に座っている。女性は一瞬ためらうが、スポーツバッグから着替えを取り出し、見事な肉体を惜しげもなく見せながら大急ぎで着替えを終える。時間にして十秒たらずだ。女性がバッグを再び引っ摑んで外に飛び出していった後、水が勢いよく流れる音がして、トイレのドアが開く。手探りで画面に登場した濃いサングラスを掛けた老人に、さきほどまで椅子に座っていた男性が立ち上がって白い杖を渡してやる。とまあ、こんな具合である。

この後本編が始まったのだが、ひどい駄作であった。私は途中で三十分ほど寝てしまった。後でロバート君に聞いたところ、途中で何度も出ようと思ったのだが、おまえが熱心そうに見ているので出れなかったという。恐らく互いが寝ていた時間がずれていたのであろう。出口でひどい目にあったと笑っていると、ヒッピー風の女性が近づいてきて、「いまの映画、どうだった？」と話しかけてきた。ロバートと彼女の間で会話が弾む。映画って何だろう。

「テツヤ、ほら、あの壁にプレートがあるだろ。あそこで切り裂きジャックが娼婦を襲ったんだ」。映画の後、狭い路地を歩いている時に、ロバートが立ち止まってプレートを指差す。想像していたよりもずっと小奇麗な場所だったので少し驚いたが、それはすっかり再開発されたせいで、事件のあった当時はもっと憂鬱な場所であったに違いない。切り裂きジャックについてはすでに多くの人が多くのことを語っている。解説を聞きながらこの事件の主だった場所を訪ねて歩く「切り裂きジャック・ツアー」というのも毎週行われている。私自身も過去にかなりいい加減な発言をしている。一時ずいぶんと調べたこともあったが、貧富の差がそのまま人間の命の差を作ってしまっているということに、「ジャック学者」たちは本当に気づいているのだろうか。

自給自足に近い農耕社会から追放されたり、あるいはその農耕社会の中で土地や生産手段を持てないために、つまり食えないために、自分で見切りをつけて都市に集まってくるというトレンドはなお現在進行中である。だが、都市にやってきてすぐに楽な生活が保証されていると は限らない。いや、ここは本当にコンクリート・ジャングルなのだ。男は安い賃金で長時間、劣悪な環境の中で働かされる。港が近いところでは港湾労働などに従事する。女は針子とかメイドとかの別の安い賃労働。だが、労働力が豊富というか、次から次に都市に人間が流入してくるわけだから、この安い賃労働の職を守るだけでも大変だ。労働環境や賃金がよくなることは期待できない。どこかで絶望しないほうがおかしい。男に依存しなければ生きていけないようなシステムの中で、一線を超える女性たちが出てきても不思議はない。ジャックはこのもっとも弱く、もっとも危険にさらされやすい女性たちばかりを襲った。そんな卑劣な野郎のことを議論したところで何になるのだ。

私たちは今度は地下鉄に乗ってウエスト・エンドに戻る。トラファルガー広場に近いインド料理店に入って夕食を取る。さして美味くはないが、腹ごしらえをしたところでホテルに戻ってパブに一直線だ。エールを二杯飲んでそれぞれの部屋に戻る。明日は土曜日、つまりユダヤ人の安息日なので、ユダヤ人関係の施設はすべてお休みだ。テムズ川を渡ったところにあった火力発電所を改造して新しい美術館ができている、テイト・モダンだ。そこに行こうということになった。

朝食の後、すぐに地下鉄に乗って美術館に行く。とにかく巨大で、新しい。作品もそれなりに面白いし、いろんなものを集めている、それはいいのだが、何か面白くない。ドイツだとかヨーロッパからの観光客だけでなく、イギリス各地からの観光客も多い。テーマ・パークなのだ。美術館というのは本当は暇つぶしのために行くところなのだが、そこに訪れること自体が目的になってしまうと極端に興味が萎える。早々に美術館をあとにした私たちは歩いて橋を渡り、橋のたもとにあるサンドイッチ・バーに入る。二人の若いイタリア人が働いている。なかなか美味い。サンドイッチを頬張っていると、浮浪者がひとり店の中に入ってきた。客のひとりひとりにタバコをねだったり、エスプレッソをねだったりしている。ただのエスプレッソを飲みながら、タバコを燻らしているこのおっさんはなかなかの野郎だ。なぜかわれわれのテーブルにはやってこなかった。やがて、カウンターに行って何事か喋るが、イタリア人から小さなサンドイッチの包みをもらって外に出ていった。ガラス越しにその浮浪者を見ていたのだが、彼はサンドイッチを食べ終わったあと、何を思ったのか、サンドイッチの包み紙に火をつけて燃やし始めた。通り過ぎる観光客が眉をひそめて傍らを通り過ぎていく。

日没が近い。サンドイッチ・バーを出たあと、奇跡的にドイツの空爆に耐えたセント・ポール寺院に行く。いままで何度も前は通りかかったが、中に入るのはこれが初めてだ。入場料は四ポンド。ロバート君は少しためらう。前はタダだったらしい。まあいいか、ということになり、金を払って中に入る。先ほどのテイト・モダンを始め、ロンドンにあるほとんどの大きな美術館や博物館は入場無料である。やがて、ああいうところも金を要求するようになるのだろうか。

二五七段のステップを踏んで「囁きの間」に着く。寺院をぐるりと取り巻く回廊の壁に向かって囁くと、遠く離れた反対側の回廊に立つ人にその囁き声が届く。その逆もしかりという話だ。若い黒人男性がステファニーという自分の恋人の名前を囁いている。「神の響き」ならぬ、「ステファニーの囁き」だ。その「囁きの間」からさらに非常階段のようなステップを百数十段上って寺院の頂上に向かう。片足にギブスを付けた男が、松葉杖を片手に物凄い速さで階段を上っていく。恐ろしい奴だ。頂上は展望台のようになっていて、ロンドン市内と郊外が見える。パリと同じようにロンドンも高層建築がそれほど多くないので空が大きい。汗が引くまでロンドンの西からの風を顔にあびる。ウエスト・エンドに金持ちが集まったのは風上だからだという話に納得する。

ホテルに戻る。ロバートはフィンチリーに調査に行くことになったので、彼に別れを告げて、ひとりパブに入る。パブの片隅に置かれた小さなカラーテレビを二人の大柄な白人が見ている。クイズ番組だ。私は大きなテーブルをひとりで占領し、パイント・グラスでエールを飲みながらノートを広げ、ロンドン日記を書き出した。心地よい。半分ほど書いたところで、メールをチェックするために、トッテナム・コート・ロードにあるインターネット・カフェへ。パチンコ屋のように巨大な店に、パソコンがずらりと並んでいる。ここでは日本語のソフトをダウンロードすれば、日本語のメールも読むことができる。一時間ほどメールをしてから、イタリアン・レストランでモレッティーを飲みながらパスタを喉に流し込む。さらにホテルへの帰り道に大英博物館の近くのパブでギネスを飲み、西風に押されるようにして夜のロンドンを徘徊する。重たい現実の扉を後ろ手に閉め、記憶の街へ。

幻想の霧の中を、ながい、ながい、散歩が続く。冷たい湿った空気がコートの隙間から中に入ってきて私の体温を奪おうとする。重いブーツで踏みしめる舗道はいつ降ったのかもわからない雨水で濡れている。時々通り過ぎる車のヘッドライトに照らされて、閉ざされた窓に内側から引かれたカーテンが不意に亡霊のように襲いかかってくる。右に曲がって、しばらく歩くと、左に曲がってこちらに向かってくる老人の姿が見える。あそこに曲がり角があるのだ。鳥打帽を被った老人の鼻が私を排斥している。まるで出口のない屋根裏の狭い通路を歩いているようだ。あるいはそれは誰か私の知らない少女の記憶の迷路をたどるみたいだ。四辻で私は立ち尽くす。目的を忘れて、少しほっとする。マールボロ・ライトに火を点けて夜空に向かって煙を吐き出すと、それは体内から出てきた生命体のように見事な曲線を形づくって宙空へと消えていく。頭の中をノーラ・ジョーンズの甘い歌声が流れる。古い敷石の上に立ち、通り過ぎてゆくバングラディッシュからの移民たちの姿をただじっとながめている。私のからだは街の一部となり、黄色い灯をともすランプポストにもたれかかった看板が音を立てて倒れていく姿を他人事のように見ている。この私のからだを所有しているのは私ではない。いや私かもしれないが、別に私でなくともよい。私が私のからだを所有しているという考えが幻想であるように、記憶だって誰のものでもない。ピアノの鍵盤を叩くようにしてひとつの記憶を呼び起こし、それに乗っかって十九世紀の霧のロンドンを彷徨していた私は誰かの記憶を、絵本を見るように眺めていただけなのだ。

7　テネシー

ロンドンは活気のある街だ。ヒースローから市内に向かうには、時間さえあればエアーリンクのダブルデッカーが楽しい。市内をぐるっと回ってくれるので、ロンドンの現状を文字通り高みの見物ができる。昨年もバスの窓からなにげなく通りを見ていると「パウンド・クレイズ」という看板を見つけた。百円ショップならぬポンドショップというところか。ところで、「pound」をきっちり発音すると「パウンド」だが、ベッカムとか誰でもいいからあちらの人に発音してもらうと「ポーンド」と聞こえることがある。まあ、発音などいい加減なものだ。ある年配の大学の先生が昔こんな話をしていた。その人が英語を習った先生が「建築」のことを「アーチテクチャー」と発音したと、もう何十年も前の話なのにいまだに覚えているのだ。確かに辞書には「アーキテクチャー」とある。実は私は英語であれ、日本語であれ、イタリア語であれ、発音をよく間違えるので、その話を聞いていた時には表面的には神妙な顔をしていたが、内心は汗たらたらであった。ところがその話を聞いた直後のことだ。たまたまスコットランドの詩人、ダグラス・ダンに箱根で会った。他人の名前は失念しやすい。特に年をとるとその傾向が強まる。性能の悪くなった機械のようだ。そこで思い出しやすいように理屈を付けたり、あるいは枕詞を付けて記憶の引き出しにしまっておく。たとえばこのダンの場合は、「ドナルド・ダック団（ダン）」だ。

ダンはかなり強いスコットランド・アクセントの英語を喋る。そして先ほどの「建築」をあたりまえのように「アーチテクチャー」と発音したので、おもわず私は彼の眼鏡の中を覗き込んでしまった。「マシン」が昔の日本人の耳に「ミシン」に聞こえたり、「アメリカン」が「メリケン」に聞こえたのはストレス言語と表音文字の宿命である。「ミシン・トラブル」とか「メリケン・コーヒー」とかさえ言わなければ、まあ何でもいいではないか。綴り字でさえ、いろんなバリエーションがある。日本でもヒットした映画、『トレイン・スポッティング』の原作者のアーヴィン・ウエルシュはエジンバラ訛りをつづり字で表現しているので、地元の人間でないといかにも読みづらい。というより読む気がしない。ちょうど関西弁を多用する初期の野坂の小説のようである。日本文学を勉強しているアメリカのまじめな学生にはあれは読みづらいだろうな。わかってま。

「ポンドショップ」はともかく、その次の「テネシー・フライドチキン」とある看板には笑ってしまった。まあ焼き鳥にテネシーもケンタッキーもないだろう。なにしろケンタッキーのバーボンもあれば、テネシーのバーボンもある。バーボンで思い出したが、英国ではウイスキーはなぜか「スコッチ」と発音する。アメリカ人は「スカッチ」だ。なぜかというとスコットランド産だからだとなるが、イギリスというか、ロンドンの連中はこのスコットランド産の酒に税金をかけた。税とはみかじめ料ではないか。そもそも税にはなんの根拠もない。働いて得た収入に課税するなど、ピンはね以外のなにものでもない。逆らうと差し押さえなど、やたら暴力を振るう。イングランドではチョーサーの昔からビートルズまで、徴税人は大いに嫌われている。ビートルズには「タックスマン」という曲があって、未来永劫に国税局を非難している。

ロンドンの連中は徴税権を持っていた。昔は初夜権というのまであったからむちゃくちゃだ。新婦と初夜を共にする権利だが、これは単にスケベーのエロ爺を喜ばすためだけではなく、マイノリティーの純粋種を減らしていくための人種政策だったようだ。ともかく、この徴税権を代紋にしてロンドンの連中はしのいでいたわけである。自分たちは何もしないで、スコットランドのお酒に高い税率をかけていたから、グラスゴーとウエスト・エンドの町並みに現在のような違いが出てきたわけだ。大英帝国はこんな風にしてまずグレート・ブリテン島から少しずつ完成されていった。ケンタッキーでも、テネシーでもいいのだ。焼き鳥も、ワルツも、バーボンも皆これ等しく人生を楽しむ術ではないか。

バスはユーストン駅に着き、私はアフリカ系のドライバーに礼を言いながら重たいトランクを抱えて中秋のロンドンの街頭に降り立つ。だが外は雨なのだ。暗くて寒くて雨が降っていて、おまけに舗道は水溜りだらけ。「ウェルカム・トゥ・ロンドン」という音が聞こえてくる。駅前の小公園のベンチでは浮浪者が雨に濡れながら眠っている。ロンドンのホームレスは楽ではない。ちょうど市内バスの屋根付きのバス停があったので、そこで一服。煙が闇の中に消えてゆく。一本煙にしたところで意を決し、防水ジャケットのフードで頭を覆い、雨のロンドンを歩く。交差点まで来るとドラム缶で焚き火をしている連中がいる。格好からするとどうも消防士のようだ。そういえばここにユーストンの消防署があったっけ。なんとなく地蔵盆か、年末の歳末警戒の本部のような感じだ。通り過ぎる車からクラクションが鳴り、蛍光ジャケットを着込んだ消防士たちがそれに手を挙げて応えている。

常宿に荷物を放り込むとその足でパブへ。途中でロンドンのローカル新聞の「イブニング・スタンダード」を買う。半分以上は広告だが、それにしても分厚い夕刊紙だ。かつてはとても読む気がしなかったが、今は好物のひとつになってしまった。テーブルに座り、エールを飲みながら新聞を広げる。派手な見出しの下には大きな写真が。なんと十分ほど前に見たユーストンの消防署の前の光景ではないか。消防士たちがストライキに入ったという。七〇年代後半にキャラハン労働党政権は「不満の冬」と呼ばれた大ストライキが原因で翌春の選挙に敗れサッチャーの登場となるのだが、その「不満の冬」の再来か？　というような論調である。うーん、と、一声うなり、新聞をテーブルの上に置き、エールを呷る。店の中はすいている。客は私以外にはテレビでサッカーの試合を見ている中年の男ひとりだ。

二杯目のエールを飲みながら、ふとマヤのことを思い出した。何年か前、イギリスの労働争議の歴史を調べていた時があって、その時マヤの部屋によく遊びに行ったからかもしれない。マヤはタジキスタンから来たタラ、ベラルーシから来たヘレナなど旧ソ連からの連中と時々ロシア語で喋っていたので、勝手にロシア人だと思っていた。小柄で色白、しかも大変な美人だったので、初めは冷たい感じがして、とても友達になるとは想像もできなかった。何がきっかけで話すようになったのか、すっかり忘れてしまったが、私たちは図書館の食堂でしょっちゅう昼食を一緒に食べるようになった。そしていつのまにか昼食を食べ終わったあとも、顔をくっつけるようにして延々と話すようになる。

黒い瞳のマヤはグルジア（現在のジョージア）の出身だ。グルジアはロシアに押さえつけられていたので、マヤはロシア語も母国語のように喋る。結婚していて、母国に残してきた夫と子どものことが気にかかってしようがない。資本主義国に住むのは初めてで、イギリスに来て初めて銀行に口座を開いたという。冬場にエネルギー供給を止められたり、グルジアはロシアに散々苦しめられてきた。軍事衝突で仲のよい友人が戦死した時は悲しみと怒りで気が狂いそうになった。そんな話をする時のマヤの目は私を見ているようで、実はどこか遠い彼方を見据えているように思えた。

私は三杯目のエールをカウンターで買い、テーブルに戻る。テレビを見ていた男の姿はすでになかった。ベンソン・アンド・ヘッジスに火をつける。もう何年になるだろう。最後に会った時がいつだったかも覚えていないが、ハンガリーの大学に戻った共通の友人の話では母国に戻ったあと離婚したという。あれほど家族のことを気にして、ノイローゼにまでなった彼女に何があったのだろうか。マヤと一度だけコベントリーの町に一緒に出かけたことがある。彼女は量販店で小一時間かけて夫へのプレゼントのセーターを選んでいた。買い物が終わると街頭のフィッシュ・アンド・チップスを買った。鱈のフライと短冊切りにした馬鈴薯の油揚げだ。一ペニーですら計算しながら使っていた彼女のことを考えてチップス屋の親父に差し出したポンド紙幣を強引に押しとどめたマヤは「テツヤ、そんなことしたら私はあなたを搾取したことになる」と言って聞かない。根負けした私は割り勘にすることでなんとか面子を保った。魚や馬鈴薯を包んである新聞紙に油が滲み出し、親父が振りかけたヴィネガー（酢）の匂いが食欲を誘う。私たちは広場に出てベンチの陽だまりに腰を掛けてフィッシュ・アンド・チップスを頬張り始めた。すると、私たちの背後でいきなりケープを羽織ったインディオたちのフォルクローレの演奏が始まった。

インドシナがちょうどインドと中国の影響が重なる地域であるように、トルコとかグルジアはアジアとヨーロッパの影響が重なる地域だ。どこがどうなっているのかはよくわからないが、マヤの感情はそれほどことばにしなくても私に伝わってきた。私たちが喋ったのは旧ソ連体制下での不自由な生活と、資本主義国の膨大な無駄、そして私たちの将来のことなどで、どちらかというと私が聞き役だった。ソ連時代には手紙などが明らかに検閲されていた跡があったこと、すなわち当局は検閲を隠そうとさえしなかったこと、西側には商品が溢れていること、そんなことを語っていたが、彼女は社会主義体制下での人生しか知らなかったのだから将来が不安になっても不思議ではない。彼女には言わなかったが、軍国主義の下での生活しか知らなかった日本人がアメリカ軍兵士を前にした時、多分同じような不安を感じたのではないだろうか。

私がマヤにひどく心を動かされたのは、大国によって蹂躙され、支配を受けてきた国で育ち、そしてその大国の支配から解放されたと思ったら、目の前に広がっているのは茫洋とした弱肉強食のワールド・マーケットの海だけで、そこに小さな船で漕ぎ出していくしか他に道がないという彼女たちの運命を知ったからでもあるが、同時に日本人や他の金持ち国家クラブの連中にはない、素朴な他者への眼差しがあったからでもある。

マヤの部屋があった建物には広い共同のキッチンがあり、そこに集まって飯を食ったり、ただぼんやりと話し込んだりしたものである。マヤ、ヘレナ、それにハンガリーから来ていたアンナ、チュニジアからのサミーナといった面々で、サミーナの作った地中海料理は香辛料が効いていてとても美味しかった。金はないけど、いや、金がないからこそ互いに助け合うという精神は日本にもあったはずだが、少なくとも私の身体にはそのような共同体の記憶がない。優しい彼女たちのお喋りの渦の中にいると、ひどく自己中心的で、利己的で、傲慢な自分の姿が浮かび上がってきた。ジャブジャブの石油文明に浸り、金こそ命、わが命という教えを意識的にも、無意識的にも教え込まれてきた自分の姿が鏡に映し出され、ひたすらそこでがまの油を出す。油を出し切ったとはとても思えないが、醜い自分の姿を忘れられた瞬間、瞬間の思い出は甘美である。

マヤの部屋には大きな机があって、そこに読みかけの本や論文のコピーが広げられていた。この机とベッドの他にはこれといった家具がない。だからベッドに腰掛けて話をした。一時間、二時間はあっという間に過ぎ去ったが、何を話し合ったのか、ほとんど覚えていない。「テツヤ、この頃は毎晩のようにお酒を飲まないと眠れないのよ」と言ってうつむいたマヤの暗い表情が心に引っかかったまま、いまだに取れない。

パブを出て夜の街を歩く。雨は小降りになっていた。もうこの時間に開いている店はほとんどない。レスター・スクウェアあたりまでいけばまだ賑やかなはずだが、今夜はなんとなくそのような気分にはなれない。公衆電話を見つけて友人に電話しようとしたが、壊れている。三台目でやっと電話が通じた。フランク・ザッパの本を書いた過激な批評家ベンと彼のパートナーでロンドン大学の先生もしているエスターと話をする。オールド・ストリートの角のパブで彼らの友人の画家の展覧会がいま行われていて、明後日そのレセプションがあるからお前も来いという。番地と時間を聞いてから電話を切る。

ホテルに戻り、熱いシャワーを浴びてから一眠りする。夜中にバタン、バタンとドアの閉まる音のうるさいこと。セントラルヒーティングを切って、窓を開ける。冷たい空気が入ってきて、頭がすっきりする。紅茶を入れて、本を読もうとするが、字がぜんぜん頭に入ってこないのでウイスキーに切り替える。俄然調子がよくなるが、明日の体調を考えて再びベッドで横になる。檻に入れられた獣のようだ。

翌朝は近くの舗道をぱっかぱっかと歩く、騎馬警官を乗せた馬の蹄の音で目が覚める。まだどんよりと暗い。明るくなる気配すらない。ロンドンの朝だ。窓の外には猛スピードで突っ走る赤色のダブルデッカー。舗道を長い鬚を生やした浮浪者が折りたたんだ一枚のダンボールを手にして歩いている姿が見える。道路の反対側には赤煉瓦の建物が続いている。

朝食を済ませて、地下鉄のユーストン・スクエア駅まで行くが、駅は閉鎖されている。日曜は閉まっているんですと、若い駅員が出てきて説明する。彼は地上まで私についてきて、道路の反対側に見えるバス停を指差す。ベーカー・ストリートまででしたね。あそこから代替のバスが出ますので、あれに乗っていってください、そう言って戻ろうとすると、今度は別の客がやってきて、キングズ・クロス駅にはどう行ったらよいのかをまた丁寧に教えている。歩いていける距離ではあるのだが、お節介はやめてバス停に向かう。

バスはすぐに来た。アナウンスもなにもないが、お金もいらない。実に適当だ。ベーカー・ストリート駅からサークル線でパディントン駅まで行く。例の狭い車内で新聞を読んでいるとふと十二、三歳の黒人の男の子と白人の女の子がドアにもたれかかるようにして抱き合っている。あれはアイス・キューブだったかな、キング牧師のワシントンでの有名な演説、「私には夢がある」というのを茶化したのは。いつの日か黒人も白人も区別なく、少年少女が手を取り合ってという夢。だけどあれからどうなった。まったく何も変わっちゃいないじゃないか。そこからバックの演奏が始まる。イギリスに人種差別がないわけじゃない。アメリカと同じくらいに厳しいと言ってもよいが、ここではいろんな階層の対立があって、人種差別だけが浮かび上がりにくいし、また規模も違う。マイノリティーは一定規模の数にならないと支配側への脅威にはならない。脅威になって初めて攻撃が始まる。

パディントン駅でウェールズ方面行きの電車に乗る。駅も車内も混んでいる。国鉄時代はイギリスの電車はがらがらで、空席を見つけるよりも埋まっている席を見つけるほうが難しいくらいだったが、民営化されてからは差額ベッド代というか、座席指定で儲けようというのだろうか、車両をあまりたくさんつながなくなったので、下手をすると立ちんぼうということになる。そこは混雑先進国で慣れた身、何とか席を見つけるが、車両と車両の継ぎ目で立っている人がかなり多い。私の横と前に座っていた若い男がそれぞれの携帯で延々と喋っている。どうやらフットボールの試合がウェールズであるようだ。ニューポートで降りて支線に乗り換える。ウェールズとマンチェスターを結ぶ線で、三両連結のジーゼル車だ。去年来た時に見た同じ車掌が回ってきた。こちらは覚えているが、向こうはすっかり忘れている。ラドロウで降りるとリンの姿が見える。一年ぶりだ。例によってラドロウの町を一周してから、リンの家に落ち着く。もうそろそろこの家を売り払う。田舎暮らしはもういいよと、彼女は本気らしい。居間で暗くなるまで話し込む。相変わらずの読書家で、W・G・ゼーバルトの話を熱心にする。

場所をキッチンにかえてワインを飲みながら、さらに文学の話が続く。結局この日はどこにも出かけず深夜まで話し込んだ。広い清潔なベッドの上でぐっすりと眠って、朝食。仕事の話になる。ようやく今までよりは少しまともなところに職が見つかりそうだと言う。連れ立って外に出るが、あいにく霧雨。ケネス・レクスロスがその長編詩『ドラゴンとユニコーン』のかなり初めのほうで歌っている聖ロレンス教会に向かう。ケネスがやってきた時とこの辺りはほとんど変わっていない。

「テツヤ、写真を撮ろうか」リンが珍しくカメラを構える。私は濡れた芝生の上に立ち、聖ロレンス教会を背にしてリンのほうを見た。彼女の向こうになだらかな丘が広がっている。すでに没落した国の万年文学少女が、これから没落していく国の万年文学少年を写す図を教会の恐ろしく高い塔の鐘だけが見ているのだろうが、シャッターが下りた瞬間に凍りついていた私たち二人は再び動き出し、傘を広げ、人々がビニールバッグをぶら下げて歩いている石畳の街に向かって歩き出した。

8　ニコラス・ホークスモアの奇怪な教会建築の脇を抜けて　スチュアート・ホームとゲイ・パブで会う

私の心の中にはジェイムズ・エルロイが描くような極悪な魂がいくつも住んでいて、彼らが限りのない主導権争いを繰り広げるために、一見矛盾に満ちた、実質極度に分裂した話の展開になる。だが、ロンドンとはまさに分裂と矛盾の世界である。ここでは過去も未来もすべてが現在に奉仕するためにある。

さてベンが指定してきたオールド・ストリートのパブだが、これがなかなか見つからない。ベンはロンドン在住の在野の批評家で、二メーター近くある大男だ。リアルタイムのパンク世代で、当時ファンジンをひとりでやっていた。現在は短髪で、やたら細いネクタイがトレードマークになっている。相棒のエスターは、見かけは全盛期のシェイクスピア・シスターズのような感じで、攻撃的なバイオレットのアイシャドウと真紅のリップスティックがよく似合う白人インテリである。まあ二人の人相書きはともかく、パブが見当たらない。電話を切る前にベンは「AからZ」は持ってるだろうなと言ったが、たとえ持っていても同じであったろう。

「AからZ」というのはイギリスで売っている詳細な区画地図のことで、データ好き、地図好きのイギリス人はバッグに忍ばせていることが多い。方向感覚、地理感覚に関して言うと、私は犬型というよりは猫型だ。方向感覚や地理感はえてして各人の全人格を代表することが多いが、私は極度な他人依存症、激しい自己喪失型だ。千里離れたところに捨てられてもやがて帰還する忠犬とは違い、自分の家の前で「ゲット・ロスト」する猫。物事はすべて二分することはできないが、またそのように考えるのは間違っているのだが、自己規定するとなると圧倒的に猫型人間である私にとって「AからZ」などは屁のツッパリにもならない。

こういう時はよくそうなるのだが、実際、暮れて陰気なオールド・ストリートに雨が降り出してきた。通行人に聞いてみるが、声をかけたとたんに後悔する。田舎ならともかく、大都市で人に道を聞くなど愚の骨頂である。毛主席ではないが、刻苦奮闘・自力更生なのだ。建物の番地をもう一度確認してみる。探そうとするから見つからないが、どうでもいいと思うと、ほら、さっきから二回もその前を通っていた煌々と輝く窓ガラスの店がフォーカスされる。

パブというのはたいてい角地にあって、しかも二階部分にあたる箇所に「ロゴ」入りの看板が出ていることが多く、しかも中が見えないようになっているのが普通だ。この先入観がいけなかった。中がスケスケに見えて、室内の派手な電飾が覗き見えるから、鼻から牛乳ではないが、端からレストランかゲーセンだと思い込んでしまっていたのだ。勝手に自分で自分に手品をかけていたことになる。まだ半信半疑のままドアを押して中に入ると、強烈なビートに乗って酒の匂いがいらっしゃいと私の胸を触ってくる。曲は聴きなれたザ・スミスの初期のアルバムからのもので、常連客が中年であることが推測できる。キンキンの「理詰め」のギターに乗って、モリッシーのねちっこいボーカルが首を絞めてくる。すると時代はあっという間に息苦しいサッチャー時代の失業者で溢れた北部イングランドの工業都市の一コマに変身する。ロンドンでもバーミンガムでもカーライルでも、いつＩＲＡの爆弾のような男どもが、誰かシバキあげる相手はいないか、誰かコーマンをきめる相手はいないかと、窓からタットゥーの入った上半身を出して濡れた路面に視線を落としている、あの見慣れた風景である。

　カウンターを見ると、ＣＤではなくて、ほんもののアナログのＬＰが最新の機器の上でぐるぐると回転している。そうなのだ。音はなぜか回転して聞こえてくる。店内はかなり広く、テーブルはすべて壁際にある。ライブでも、ダンスでもできるようなつくりだ。中年の一団が小さなワイングラスをテーブルの上にならべて議論をしている。その中からベンがその巨体を起こすのが見えた。「濡れ鼠だな」という挨拶を交わすと、エスターが私のために席を空ける。アーチスト仲間に紹介され、壁に掛かった実験的な作品を見て回る。ワインを拒否してギネスを呷る。席に戻って、実験芸術と体制批判、アカデミズムへの攻撃というフルコースのあとさらにギネスを呷る。体がほぐれたところで議論もそこそこに今度はエールを立て続けに二杯呷る。地下でボスニアを撮った写真が展示されているというので、トイレ休憩を兼ねて地下に下りる。剝き出しのコンクリートの床と壁が寒々しい。簡単なアルミのフレームに入った写真を三十分近く見つめながら瞑想にふける。

一九九〇年代半ばの話だ。コベントリーの中央図書館でケン・スミスとボスニアの若い詩人の朗読会があって、チュニス出身の友人のサミーナと一緒に出かけたことがあった。ケンは六〇年代から書き続けている住所不定の詩人であり小説家で、今でももっとも尊敬している文学者の一人である。聴衆は十四、五名くらいであったが、ケンの熱っぽい話と朗読には感動した。彼は太鼓を叩き、旧ユーゴの内戦をテーマにした自作の詩を朗読しながらロンドンの繁華街を歩いたという。すると警官がすぐにやってきて、「お前は気が触れたのか」と言ってきたので「気が触れているのはお前ではないか」と応えたという。

ひとりの兵士は「私の上官はこの男を銃殺せよと命じた」と言う
するとその下士官は「私の上官は銃殺の命令をだした」と言う
するとその指揮官は「私の上司からの命令だ」と言う
するとその上司は「本部からの命令なのです」と言う
すると本部の司令官は「上層部からの命令なのです」と言う

こんな調子でケンは朗読を続け、最後に、

ボスニアの人々よ
私にはなにもできない

という二行で終わる作品などを朗読した。ケンはどことなくケネス・レクスロスに似た熱いハートを持った詩人であった。旧ユーゴの内戦については私たち極東に住む人間はつい口籠もってしまいがちであった。だがこの地獄の憎しみ合い、殺し合いを生み出したのは間違いなくヨーロッパであったのだから、たらふく食って醜く太っている西側の人間はせめて目の前にある巨大な暴力の正体に向き合わなくてはならない、というのがケンのメッセージであった。

インターミッションになって、図書館の職員の女性がワインを持ってきた。私は車を運転しているからというと、「まあそう固いことを言わないで。一杯やるとリラックスするわよ」というのでおことばに甘え、赤ワインをすすりながらサミーナとともにケンと歓談する。初対面なのにまるで旧知の間柄であるかのように話ができるのは六〇年代の詩人や作家の特徴のように思える。サミーナがしきりにフェミニズムのことを話し出したので、二杯目のワインを取りに行ったところ、ボスニアからきた若手の詩人が近づいてきた。かつてのモンキーズのドラマーであったミッキー・ドレンツのようなアフロ・ヘアーで、六〇年代から七〇年代にかけて活躍したプロレスラー、ドン・レオ・ジョナサンのような揉み上げ、いや現代風に言うとXマンを演じる際のヒュー・ジャックマンのような揉み上げの若い男で、こいつはかなり胡散臭い感じがした。しかしこの男の酒臭い口から出てくることばの裏側に何が隠されているのかを見抜く力は残念ながらその当時の私にはなかった。

息が白くなってきたのを確認して、私はその死体置き場のようなコンクリートの展覧会場を去り、階段を上って音楽とワインの世界に戻る。そしてアーチストたちと挨拶を交わし、ベンとエスターとともに外に出る。外は相変わらず湿っていて風が冷たい。腹が減ったので近くのインド料理店に入り、ラガーを飲みながらカレーを食べる。二人はすごい食欲だ。食べながらベンはニルバーナや、ピーター・アクロイドの批評を繰り広げる。アクロイドはニコラス・ホークスモアをモデルにしたポスト・モダン小説『ホークスモア』を書いた小説家だ。彼の批判はただ一点。ともに商業的に成功したということ。結果的に成功したなら、それはともかく、成功すべく成功したということ。すなわち、コマーシャルだということらしい。偶然的成功と必然的成功の間には深くて暗い川があるということなのだろうが、私はどうも彼のように単純にパンク的に割り切ることができない。

インド料理店を出て、水溜まりをよけながらオールド・ストリートを南下する。ベンの友人でイギリスの平岡正明と私が密かに名付けるハチャメチャ批評家、スチュアート・ホームに会いに行くことになった。ゲイが集まるパブで待ち合わせることになっている。途中ホークスモアの教会建築の前を通り過ぎる。待ち合わせのパブをベンとエスターはどうも知らないらしく、幾つかそれらしい店を覗いたあと、ようやくのことでそれらしき店に落ち着く。スチュアートはまだ来ていない。とりあえずエールを飲みながら現代詩か何かの話をするのだが、内容はほとんど覚えていない。待つこと三十分、スチュアートが若い男二人を伴って店に入ってくる。

スチュアートの英語は独特のロンドン訛りで、猛烈な速さで、しかもウイットに富んでいるので、何を言っているのか、何が言いたいのかがよくわからないのだが、とにかく面白いのでつい聞き入ってしまう。だがそのうちに飽きてしまって、私はエールを飲みながらぼんやりとカウンターのほうで盛り上がっているゲイの集団のほうを見ていた。そのうちスチュアートとベンが議論を始め、私は隣の席に座った若い編集者とT・S・エリオットの作品について話を始める。もう過去の詩人の過去の作品にまだ二十代前半の若者が関心を示すのが不思議だったが、しばらく議論に付き合う。そのうちに白人女性の三人組が私たちのグループに加わる。さらに二人の白人の男が一人の東洋人の若い女性を伴って入ってきた。私はバーボンに切り替えて動き回りながらあちこちの議論に加わる。遊撃戦だ。エスターはひとり離れて、どこからともなく現れた巨大な猫と遊んでいる。幼年時代の記憶が蘇ってくる。昔はこんな風に路地になんとなく集まってなんとなく遊んだものである。イギリスのパブが廃れないのは多分このように適当に集まって適当に遊ぶ誘惑に勝てないからではなかろうか。こんな風にロンドンの夜は更けていき、カウンターの奥の男が巨大なベルをガラン、ガランと鳴らしてラスト・オーダーの時間を知らせる。「クロージング・タイム」(閉店)だ。私たちは立ち上がり、冷たい路地に出る。女性の三人組が路地に停めてあった車に乗り込む。さらにスチュアートたちとも別れを告げて、ベンとエスターと私の三人は足早にオールド・ストリートを北上し、地下鉄の駅へ向かう。水溜りを巧みにサイドステップでかわすエスターのブーツを見ながら、ベンと日本のロックについて話をする。地下鉄の入り口が見え始めたあたりからエスターのブーツの動きはさらに速くなり、ついに私たちは走り始めた。しかも中途半端な速度ではなく、かなり全力疾走に近い。パンクはなぜいつもこう走るのか。

私たちは切符も買わずに開きっぱなしの改札から構内に飛び込み、停止したエスカレーターを転げるように駆け下りる。風が下から吹き上げてくる。長い、長いエスカレーターを一気に駆け下りると、吸い込まれるように発車寸前の電車に次々に飛び込む。やったとばかり、ようやく振り向いたエスターの笑顔が見える。ベンが蝙蝠のようにコートを羽ばたかせて水を切ったところで電車はガクンと動き出した。電車の窓ガラスから見える、壁に並んだ広告が走馬灯のように動き出し、床から伝わるモーターの音に引っ張られるようにして私たちはロンドンの地下を歴史のように走る。この街はなんだかいつまでたっても十九世紀のようだ。

キングズ・クロスに着いてベンとエスターと別れる。二十一世紀の地上に戻って私は再びひとりになった。宿に戻る前に公衆電話から友人のアンナに電話を掛けることを思い立つ。三台ほど試すがすべて駄目。ロンドンの公衆電話は宝くじのようなものというが、今夜はすべて外れであった。あきらめて宿に戻る。アイルランド人のポーターから鍵を受け取ったところでラウンジに公衆電話があったのを思い出す。かなり遅い時間であったが、幸いアンナはまだ起きていた。

アンナはかつてのフラットメイトで、ギリシャ人だ。長いことイギリスの大学に席を置きながら大学の事務のアルバイトをしている。ギリシャ人だが、見事な金髪で眼の色もエーゲ海のように青い。彼女は政治、文化、宗教、その他すべての面において保守的で、夜を徹して論争をしたものだが、保守的なくせに私が興味を持っている分野のことをよく知っているのは不思議であった。一緒に演劇を見にいった時など、見事に盛装した彼女は私のカジュアルな服装にいちいち難癖をつけながら、演劇そのものについては恐ろしく的確な批評を行い、そのくせ芝居がはねた後で立ち寄ったレストランで、食事の前にビールを飲むのは上品でないと御託を並べるのだ。

「アンナ元気かい」。

「テツヤ？　今どこなの。ロンドン？　何しに来たの？　いつまでいるの？」

「ちょっと仕事でね。あさって日本に帰るんだけど、昔の友だちの声を聞きたくなってね。遅い時間に電話して悪かった」。

「私が地中海で育った人間なのをまさか忘れたわけではないでしょうね。こんな時間に寝るわけないでしょ。友だちからの電話はいつでも大歓迎だわ。いい？　聞いている？　明日は夕方まで仕事だけど、そのあと、久しぶりに美味しいギリシャのワインを飲ませてあげるわ。何時に来るの？」

受話器を戻したあと、アンナのミルク色の声を耳の中に残して、朝出たきりの部屋に戻り、そのままベッドの上で大の字になった。地獄に引きずり込まれるように泥の眠りに落ちる。深い眠りの中で覚醒し、人間存在の面倒くささについて思惟を重ねる。政治、宗教、文化など、所詮フィクションで、そんなものはクシャミひとつであの世に吹き飛ばされる紙の上のお遊びだ。豹のように欲望に生き、欲望のために戦い、欲望とともに死んでいくのが生物としての人間の本質ではないのか。だから吉本隆明とか夏目漱石とかのねちねちした関係性の哲学など、なんだかうそ臭い。煩悩。オーノー。回転しながら闇の奥に吸い込まれて、私は新しい人間として生まれ変わる。やがて膀胱が張ってきて、股間のテントが張り出され、ちょっとした物音にも敏感になる。無理もない。バケツ一杯くらいのビールを呷り、さらにウイスキー・グラスから琥珀の液体を繰り返し体内に叩き込んだのだから。なにか柔らかなものを摑んでざらついた意識を愛撫しようとするが、手じかにあるのは枕だけである。時間の斜面を滑り落ちて恐怖に足を痙攣させる。

目が覚めると世界は一変していた。朝なのだ。時計を見るとすでに十時近い。起き上がって窓の外を見る。今日もどんよりとした曇り空だ。トイレに行って一息つく。アルコールは大分抜けているが、ガスが溜まっている。水を顔にかけて体を清める。まだ足りない。そこで部屋に戻ってバスタオルを持ってシャワールームへ。素っ裸になって熱い湯を浴びる。体にへばりついた昨日の「タグチ・テツヤ」が剝がれ落ち、湯とともに排水溝に流れてゆく。いつまでこんなことを繰り返すのかと、不吉な思いが一瞬頭をよぎるが、湯を止めてタオルで体に残った水分を拭き取ると俺は不死身だと思えてくるから不思議だ。

地下の食堂でいつもの英国式朝食を取る。大豆の甘煮やベーコンやら目玉焼きやら炒めたトマトやらを大量に喰らい、薄いトーストを半ダース平らげて、紅茶をがぶ飲みする。ラウンジで無料の朝刊を三種類引ったくると自室にもどり、電気ポットで湯を沸かす。新聞に素早く目をやりながら、コーヒーの用意をする。大した事件は起きていないようだ。出来上がったコーヒーをすすりながら二つ目の新聞に目を通す。腕時計をつけてからタバコに火をつける。本当はハートに火をつけたいところであるが、相手もいないことだし、やむなく煙を吐き出しながら活字の世界に潜り込む。十分にカフェインとニコチンが体にしみわたったところで新聞を投げ出し、トイレで腹を軽くする。部屋に戻り、鏡に向かって若き日のヘミングウェイのように鬚をそる。そこで昨晩アンナに電話したことを思い出して後悔する。確か彼女と会う約束をしたはずだ。フラットメイトの時代はこんな奴に二度と会うものかと思っていたのだが、彼女のことが気になっていたというのが衝撃だ。男、女に関係なく、会っている時は好きで好きでたまらないのだが、いったん別れるとすっかり忘れてしまう奴と、付き合っている時は嫌でたまらないのだが、いざ別れてしまうとなぜか気になる奴と、どっちが面倒くさいか。しまった、これは漱石とか隆明の世界だ。

とりあえず関係性の罠には嵌らないことにして、外に出る。タビストック・スクエアーの方に向かって歩いているうちにだんだんと元気が出てくる。地下鉄のラッセル・スクエア駅でエレベータに乗って再び十九世紀に戻ると、そのままピカデリー・ラインでレスター・スクウェア駅へ。二十一世紀のレスター・スクウェアではやたらロシア語が聞こえてくる。ロンドン劇場組合の安売りチケット売り場に足が向きかけるが、思い直してチャリング・ストリートへ。このあたりは書店の宝庫だ。必ずと言ってよいほど掘り出し物がある。果たせるかな、一軒一軒虱潰しに覗いていくうちに両手には抱えきれないほどの書籍と朗読テープやCDが詰まったビニール袋で一杯になる。すでに午後三時。イタリアン・レストランに入ってモレッティーを飲みながらパスタを胃袋に叩き込む。その間、手に入れた書籍のページを、まるで今東光がミニスカートをめくるように片っ端からめくる。スーツケースに余裕はない。忙しく残りの容量と目の前の資料を計算しながら持って帰るものとごみ箱行きを瞬時に判断していく。五杯目のモレッティーを運んできたイタリア娘とはすでに十年来の友人のような関係になっている。ロレックスの針は六時近くを指している。やばい、喉がいがらっぽく、なんとなく熱っぽい。勘定を済ませて店を出ると不要になった資料をごみ箱に捨て、近くのブーツと呼ばれる大型の薬局に直行する。強力な風邪薬、解熱剤、鎮痛剤を兼ねたパラセタモという薬物を大量に買い込み、オースチンのタクシーを拾うとそのまま宿に直行する。頭のほうはかなりやばくなっている。部屋に戻るとミネラル・ウォーターをしこたま飲み、パラセタモを呷る。とりあえず一眠りしてからパッキングだ。目を閉じて体を弛緩させるとパラセタモが体の中で暴れ始める。汗が出てくる。しまった。アンナと会うのは今日の夕方だった。ヘロイン中毒患者のように体を引き摺りながら一階のラウンジへ。公衆電話の受話器を取ると五十ペンス硬貨を叩きこみ、アンナのフラットの電話番号をプッシュする。アンナはまだ戻っていなかった。留守録に伝言を残す。

受話器を戻すと、もうこれ以上は耐えきれないかのように私の喉の奥から小さな妖精になったアンナが飛び出してきた。彼女は一度だけ私のほうを振り返り、あの忘れられない微笑を残して大気の中に消えていった。

9　雨のピカデリー・サーカスでエロスの像を見ながら失った恋を考える

ロンドンは雨が似合う。かんかん照りの青い空もいいけれど、たまには雨に煙る街をコートの襟を立てて歩くのも悪くない。ただし体調にもよる。ジミー・ヘンドリックスに始まり、かつてロンドンに住んだアーチストの数は多い。そのひとり、カナダ出身の現代の吟遊詩人レナード・コーエンはひどい歯痛に悩みながら雨の降る憂鬱なロンドンの湿った街路を歩いていたそうだ。最悪である。雨宿りにたまたま入ったギリシャ銀行の行員、真っ黒に日焼した若者に「ギリシャはいまどんな天気だい?」とレナードが尋ねると、「快晴ですよ」という返事が返ってきて、次の瞬間、レナードはギリシャ行きの飛行機の中にいた、という有名なエピソードがある。

忙しい仕事の合間、わずかに見つけた休日をロンドンで過ごしていた私は連日十二時間近く眠り体調は最高であった。高い金を払って何をしに来たのかとなるが、眠いものは仕方がない。ロンドン大学の近くには小さなホテルが並んでいる通りがあるが、その中の一軒に草鞋を脱ぎ、今回はじっくりと眠っているわけだ。今まではアイルランド人が経営しているという噂の、比較的大きなホテルを使っていたのだが、ちょっとしたトラブルがあってホテルの「ねぇちゃん」と大喧嘩をしてしまい、もうそのホテルには戻れなくなってしまった、というより、戻る気もしない。前に比べると、このホテルの部屋はかなり狭いのだが、その代わりにとても静かで、満足している。なにしろ私の部屋のすぐ裏手には大きな木々の茂る広い裏庭がある。うらにはうらにわがある、というやつだ。とても静かだ。

雨の中を歩いてピカデリー・サーカスに来たのには訳がある。ここにクライテリオン劇場というのがあって、そこで「圧縮版シェイクスピア一座」によるシェイクスピアの芝居を観るためなのだ。前にテレビでちらっと観たことがあるのだが、とにかく古典を使ったギャグ百連発を生で観てみようというのである。いつものようにここはひとが多い。しかもそのほとんどは観光客だ。だから普通ならすぐに「逃げサル」ところなのだが、前から言っているように、体調は最高だし、雨で観光客はふさいでいる。おまけにクリスマスが近いので電飾が綺麗だ。マールボロ・ライトに火をつけてニコチンを体内に走らせ、芝居が始まる時間までぼんやりとロンドンの街の中に溶け込んでいる。

記憶の針を数時間もとに戻す。ホテルの恐ろしく狭い部屋のドアを押して外に出て、部屋とは対照的にゆったりとしたフロント・ルーム、つまり居間に入る私の姿が再生される。前にも書いたが、ロンドンの家は京都の町家と同じく間口が狭くて奥行きが深い。そしてたいていは通りに面した部屋が居間になっていて、暖炉が切ってあり、ソファーが置かれていることが多い。そのままであるが、これをフロント・ルームと言う。ここには形容矛盾だが、無料の自動販売機がある。つまり自販機の姿をしたマシンからコーヒーや紅茶がタダで飲める。誰もいない部屋で、さっそく紅茶を入れ、タバコを吹かしながら、片隅に設置してあるコインを入れるか、クレジット・カードを差し込めばインターネットにつながるコンピュータの前に座る。さらにタバコに火をつけ、大きな画面のテレビにもスイッチを入れる。テレビではなにやら大騒ぎである。ブッシュ大統領のアホ面が大きく映し出される。なんだか彼が大統領になってから、大統領というのがオレンジ色をした軍旗将棋の駒のようなイメージになってしまった。「よう、大統領」というかけ声が、ブーイングを意味するようになった感じだ。大画面ではBBCのアナウンサーが何やらまくし立てている。なんだ、ブッシュの野郎、ロンドンにいるのか。

ヒースロー空港の風景が思い浮かぶ。二十世紀の終わり頃、ヨーロッパでは今と同じようにテロが頻繁にあったが、今ほど警備が神経質ではなかった時代のことだ。パリから舞い戻ってきて、ヒースローで入国審査を終え、ショルダーバッグを床の上に置き、しゃがみ込んでカバンの中を整理していた時のことだ。鼻先で気配がしたので見上げると、なんと巨大なジャーマン・シェパードと目が合った。子供時代から私はジャーマン・シェパードが苦手なのだ。幸いロンドンのジャーマン・シェパードはさすがにジェントル犬で、あさきゆめみし、吠えもせず、わん、というような感じで、つまり無関心な主人の制服警官とともにあらぬほうに立ち去った。

空港というと、このジャーマン・シェパードのはずなのだが、今日のヒースローで見たのは、大量の警官と大量のビーグル犬、つまり、あのスヌーピーのモデルになった奴だ。ロンドンではデモなどの非常警備の時など、警官は派手な黄色の蛍光色のジャケットを身に纏うが、この日、同じような蛍光色のジャケットを身に纏ったビーグル犬が警官に抱きかかえられて警備に当たっていた。その時、「こいつらとうとう頭がおかしくなったな」と思っただけであったが、この数日テレビも新聞も見ていなかった私が無知であっただけだ。火薬の匂いを嗅ぎ分けることができると信じられている犬どもは爆弾テロに備えていたのだ。ＢＢＣのアナウンサーによると、私が到着した約一時間後にブッシュ氏は大統領専用機、エアフォース・ワンでヒースローに到着したらしい。明日はロンドンで大規模な抗議デモが予定されているという。荒れるかもしれないとアナウンサーは危機を煽る。口調がプロレス中継のアナウンサーのようになる。石が雨あられと降り、火炎瓶と推涙ガス弾が飛び交う光景が目に浮かぶ。こりゃ明日はパスポートを身に付けて外出したほうがよさそうだ。

さらにテレビを見ながらコンピュータでメールのチェックをしていると、若い女性が入ってきた。髪も目の色も漆黒で、眉が太く、恐ろしくセクシーなスペイン人だ。日本で外人と言うと、バカの一つ覚えのように金髪と碧眼のセットになるが、君たち、スペイン娘の美しさになぜ気付かない、と声を張りあげたくなる。なんでも恋人がリバプールにいるので会いに来たついでにロンドン観光をするそうだ。大学に入ったばかりの現役の女子大生で、さほど上手ではないが、独特の魅力あるスペイン語訛りの英語でとうとうと話し出す。テレビのほうを顎でしゃくりながら、「さっきマイケル・ジャクソンがテレビに映ってたけど、とても醜いわ。逮捕されたらしいけど、どうなるんでしょうね」などと言っている。ちょっとスペイン語を喋りたくなる誘惑に駆られるが、フェデリコ・ガルシア・ロルカの詩をちょっと読んだことがあるものの、喋れるスペイン語は「銀行は開いていますか?」とか「カルメンはとても綺麗な女の子だ」といった類の初級というか、入門レベルにも達さない拙いものだけであるのを悟り、断念する。

するとカルメンは私のすぐ目の前に立ち、ガロワースの煙を吐き出す。ブラウスの胸のところがはち切れそうである。目のやり場に困った私は、紅茶を啜ってコンピュータの画面を見ながら話を続ける。すると彼女はコンピュータ画面と私の顔の間に割って入り、将来の夢などをランランと語り始める。ウームとなったところで助け舟が来た。彼女の恋人氏が入り口のところに姿を見せ、何やらスペイン語でカルメンに話し掛ける。スペイン野郎としては背が高く、痩せていて、しかも金髪だ。カルメンが私から離れると、今度は流暢な英語で私に向かって自己紹介を始める。やがて二人は連れ立って外に出て行った。

ロンドン生まれのロンドン育ちの友人を連れて昔、大阪の難波に遊びに行ったことがある。その時彼は「おお、スゲェー、ロンドンみたいじゃん」と言った。それ以来、私はピカデリーに来ると、「おお、すごい、難波みたいじゃん」と思うことにしている。都会というのは、そこに定住する都会人と流れてきた田舎者の数が黄金分割されて初めて都会と言える。みんな定住者でも困るし、田舎者が多すぎても困る。身勝手だが、適当な比率があって、適当な緊張が生まれ、適切な感動が起こる。数量化できない感覚的なものだが、町は行政などが企画してできるものではない。呼吸しているのだ。だから、私はピカデリーで失った恋に思いを廻らすことだってできるのだ。

二本目のタバコに火をつける、私は道路と舗道を隔てる鉄柵にもたれかかりながら、建物で狭くなった空を眺める。最後に恋人と待ち合わせをしたのは何年前だろう。とにかく長い間、人を待つことがない。ビジネスが中心の待ち合わせになって久しい。来るかな、来るかなと思って、わくわくしながら待つ感覚を喪失した時点で青春が終わったのか？　アホな。我ながら顔が赤くなる。青春などと無内容な、ただ情緒にもたれかかるだけの日本語など廃止したらどうだ。少なくとも俺だけはそんなヤワなことばは使うまいと思って久しい。青春パンクなんてジャンルがあるのは日本だけだ。とはいうものの、もうそれほど先は長くはない人生、油断すると過去の総括を迫る、塾長に変身した自分のオルター・エゴが背中を押してくる。機動隊に追いかけられながら、手をつないで狭い路地を必死で走る二人の姿が目に浮かぶ。味方の投石が当たってパックリと割れた額から血が流れ出て、アノラックは血糊と泥で汚れている。片方の手を拳にして、もう一方の広げた掌をパチーンと叩いてアル・パッチーノのカット、カット。何とか現在に意識をつなげる。今回は誰にも会わない、ただ一人の自由な時間なのでこんな油断が出てくるのか。タバコを靴で踏みつけ、過去の扉を封印して劇場に向かう。むろん芝居が始まる前に劇場のパブで一杯やるためだ。

有名なミュージカル映画『マイフェア・レディー』の中で今は亡きオードリ・ヘップバーンが労働者階級の花売り娘として登場するのがコベント・ガーデンである。ところでこの原作はかのG・B・ショーの『ピグマリオン』ということになっている。階級の違う美しい娘をほんもののレディーに教育する音声学の教授が、そのうちにその娘に恋してしまうが、すでに自立した娘はこの老教授に肘鉄を食らわすという、いかにもショーらしい痛快なお話だ。これは多分男にとって最高の幻想なのではなかろうか。舞台を現代のイギリスに置き換えたイギリス映画『リタの教育』は日本ではさほど知られていないようであるが、かなりの名作だ。あるいはジュリア・ロバーツが娼婦の役をした『プリティ・ウーマン』ではアメリカが舞台になっている。映画では結末はハッピー・エンドに変えられてしまうことが多いが、この話、もともとはギリシャ神話で、自作の像に恋したキプロス島の王の物語であるそうな。ウーム、この王様の話は身につまされますね。O・J・シンプソン事件の最中にイギリスのバラエティー番組に出演したアイス・ティーが「あいつはクロだね。なぜって俺は犯罪者だから犯罪者の心が読める。犯罪者かそうでないかは顔を見ればわかるさ」って発言していたが、そのあと女性司会者に「ところであなたは女性のことをいつもこきおろしていますけど、なぜなんですか」と迫られると、答えて曰く「この世界は男対女のゲームだろう。俺は男側のチームにいるわけさ」。勝つ時もあれば負ける時もあるのがゲームだ。

このコベント・ガーデンはリニューアルされ、少し高級なショッピング・センターになってしまったが、この近くにこれもそのままであるが、「劇場博物館」というのがある。面白いから見にいくようにと言われていたので、足を伸ばしてみた。ついでにコベント・カーデンを歩いていると街頭芸人がいて、でかい声でオペラなんぞを歌っている。オペラというのは昔のロックだ。一人の男が歌っている間に別の男が金を集めてまわる。歌手よりも金集めの男のほうがプロらしかった。感心しながらその場を離れて博物館のほうに向かって歩いていると、屋台の小さな白黒テレビに人々が群がって歓声を上げている。力道山の試合を映していた街頭テレビの時代のノリである。なんだろうと思って群集の輪の中に加わると、イングランドのラグビーチームが戦っているのが見える。そうか今日はワールドカップの決勝戦だ。しばらく試合を観ていたが、私の前で試合を見ている背の高い男が街頭絵師であることに気づく。商売道具をほったらかしにしてテレビ観戦しているようだ。絵師に声をかけて風刺画を描いてもらうことにする。小さな椅子に座ってモデルになる。タバコを吸ってもいいかと尋ねると、いや少しでも動かれると困る。二十分もかからないから我慢しろという。本当はタバコを吸うためにモデルになったのだが、仕方がない、黙って座る。たちまち人垣ができる。ほとんどが観光客だが、地元の人間も混じっていて、しきりに絵師の描く私の像とモデルである私を比べている。オペラやらワールドカップやら風刺画やら、少しはお祭り気分のはずなのだが、何か盛り上がりに欠ける。なぜだろう。

金を払ってゴムバンドを巻いた自画像を受け取り博物館に向かう。かなりお金がかけてあるようで、いろいろと機械仕掛けもある。だが、昔のパンフレットやら、写真やら、衣装などの資料のほうが面白い。説明も要領よく書かれていて歴史がよくわかる。若い頃は博物館に行く奴の気が知れなかったが、最近ではかなりの趣味になってしまった。少し危ない気もする。しかし人気のない博物館でじっくり説明を読んだり、あるいはイヤホンで説明を聞いたりするのが落ち着くのは、多分このような「非営業的空間」が年々少なくなっているからではなかろうか。喫茶店はスタバになってしまったし、古本屋はケータイの店になってしまった。年寄りというより、私のような世捨て人が人権を保障される場所がどんどんなくなっている。

というわけで今回はロンドンの劇場についてかなり学習した上で、本物の劇場に入る。迷路のような廊下を抜け、階段を上がったり下がったりして、まるでアリスのように突然だだっ広い空間に出る。劇場内のパブだ。冗談のように長いカウンター越しにドイツビールを注文してラッパ飲みする。禁煙の話はあとでするが、最近はロンドンの劇場でも禁煙になっているところが増えてきた。だがここは幸い喫煙可で、ビールを呷りながら煙を燻らす。古典的な不良の姿だ。あまり飲みすぎると芝居の途中でトイレに行きたくなるのでお代わりの誘惑を退けて、かわりに興奮剤を飲む。再び廊下に出て迷路の中を歩く。演劇空間を包囲する廊下や階段やロビーがかくも複雑な構造になっているのはなぜなのだろうか。要所要所にチケットをチェックする女性や男性がいる。まだ時間的に早かったのだが、歩き疲れたので中に入って席に着くことにする。入り口にはヘップバーンのようなアイスクリーム売りがいる。安い切符なので前から二列目なのだが、目の悪いこちらとしては俳優の顔が見えて都合がいい。思いのほか客は多く、前のほうの席はほぼ満席である。見知らぬ群集の中でひとりになると落ち着かないはずなのだが、ロンドンだとそれが逆に奇妙な安らぎを与えてくれるから不思議だ。椅子に深く沈み込み、芝居が始まるまで目を閉じて瞑想にふける。

三十代の中頃であったか、仕事を終えたあと深夜の阪神高速をぶっ飛ばしながら、友部正人が書いた詞を石川セリが歌っている曲を繰り返し聴いていた時があった。友部の詞は好きだったし、セリの歌声もよかった。詩は声に出すものであって、本の中に収められると死んでしまうというのは確かロルカの言である。いやそうではなくて、本の中に収められた詩はたまたま定着してしまっただけの話で、いい詩はどうなってもいい詩である。ただ、ことばがメロディーにのり、それをリズムが突き上げると、それは特殊な経験になる。特殊というのは同時にとても個人的である。だからそれは恋、それもセックス付きの恋にとてもよく似ている。だから本当にいい曲を他人に教えるというのは自分の恋人を他人に紹介するようなものかもしれない。

うとうとしていたらしく、周囲の爆笑で目がさめる。舞台では三人の「圧縮版シェイクスピア一座」の俳優が猛烈にギャグを連発している。なにしろ二時間ほどでシェイクスピアの全作品を演じようというのだから忙しい。もちろん主だった作品のさわりをヒップホップでやったり、スポーツ中継風にやったりといろんなバージョンで茶化していくだけの話なのだが、観客は興奮の坩堝である。笑いすぎて声が枯れてくる。『コリオレイナス』という名作があるのだが、これなど「俺はそのアヌスというのが気に食わんな」でお仕舞だ。英語では「アヌス」の発音は「エイナス」となり、「コリオレイナス」は読みようによっては「コリオ(レ)・エイナス」と聞こえるので、日本風に言うと親父ギャグだ。もっとも、沙翁は地口の天才だったのだから、見事な本歌取りでもある。

ドイツ人などはみかけがイギリス人と変わらないので気が付かなかったが、観客の大半は観光客のようであった。地下鉄に乗ってラッセル・スクエアまで戻り、行きつけのアイリッシュ・パブに入る。お決まりのギネスの大盛りで喉を潤す。飲み干すと、宿に帰ってフロント・ルームでタバコを吹かす。イングランドの地の果てから、重病で入院している妻の看護のためにロンドンにやってきて、このホテルに宿泊している年老いた漁師がタバコを吸いにやってきた。きちんとネクタイを締めたこの老人は加齢のために固くなった手足をぎこちなく動かしながら、自分の村の話を始めた。なんだか俺はとても優しくなってきたぞ。こんな風にしてロンドンの夜は更けてゆくと終わりたいところだったが、爺さんは疲れが出たようで自分の話だけするとさっさと部屋に戻ってしまった。私は最後のタバコを吸い終わると若いギャルどもが戻ってくる前に自分の部屋に引き籠もり、スコッチをちびりちびりとやりながら、アタッシュケースに一杯詰め込んだポルノ雑誌の頁を繰り始める。友よ、ロンドンの夜は簡単には朝に変わらないのだ。

10　さらばバッカスの光り

田中角栄政権がまるで明治政府のように遠くなった今、国民体育大会もかなり忘却の彼方である。子供の時に収集した大会の記念切手、新聞の地方版に掲載される膨大な出場選手のリスト、そして時折日本各地を訪れた際に目にするこれみよがしの巨大な看板、そういったものが私にとっての国体のイメージであった。

すでに鬼籍に入った義父の話によると戦前にはこの国体の前身にあたる大会があったらしい。携帯は義父のところは圏外になっているのでその名前を確認できないのが残念だが、なんでも兄がこの大会に出場したらしい。種目はなんと「土嚢運び」である。

ＩＯＣの委員に言わせるとオリンピックもテレビで放映されなければ単なる村祭りということになるが、人間がその身体能力をさまざまな競技を通して競い合うという制度はもともと軍事と深く関わっていたらしい。そういえば六〇年代のボクシングファンに今は懐かしい藤猛こととリッキー・フジも海兵隊でボクシングをやっていたはずだ。

受験勉強をやった学生が試験に合格するように、スポーツや武道で体を鍛えた奴が戦いで勝つのは当たり前である。もちろん指揮官の戦術や所持している武器の優劣が勝敗の大部分を決するとはいえ、地上戦となると重たい装備を抱え、走る走る、這う這う、殴る蹴る、叫ぶ喚く、汗が出る血が出る、息が切れる心臓が飛び出す、眩暈がする頭痛がする、尿も糞も自由競争、吐瀉物にまみれる。戦いに勝つためにはただただ精神力というのは帝国日本軍的誇張で、その精神力を生み出す基礎である体力がないと戦場では生き残れないという話だ。

だから戦いはもっとも体力のある若者が担う。南北戦争の激戦地であったゲチスバーグには戦争記念館があり、南軍、北軍の制服や大砲、その他の武器などが展示されている。この土地を訪れた当時、東部出身の大学生に仕事を手伝ってもらっていたので、その彼らにそっくりな戦死者の写真がずらりと館内に飾られているのを見て私の心の平静はかなり掻き乱された。第二次世界大戦の時に良心的兵役拒否を貫徹し、迫害された日系米国人のために奔走し、そのためにさまざまな辛酸をなめ、また戦後は日本に核爆弾を投下したアメリカ人は未来永劫に罪を引きずって生きていかなくてはならなくなったと書いた我らがケネス・レクスロスの詩はこうだ。

てめえら、蝶ネクタイを結びつるつるの顔をした、
札束でうなる戦争企業のオフィスにたむろするハイエナ野郎

きっちりと、だが他人のことはどうでもいいとばかりに
高級ツイードを着込み
「恵まれた時代」について講演する
死肉をくちからしたたらせるハゲタカども
ギャバジンのダブルの背広を着て
国連からのリモート・コントロールで
吠えるジャッカル
ノートを手にして
大脳を切り取る器具を弄ぶ
カウチの頭にとまる吸血鬼コウモリ
勝手に動く、歩く癌細胞
千の制服姿の超エゴ
てめえらは、巨獣の指先で動き、
次から次に若者を殺していく

かつてヨーロッパではプロテスタント、カトリック、ギリシャ正教を問わず、それぞれの聖職者が出兵する兵士を祝福し、戦争は正面から賛美された。アウシュビッツ、ヒロシマ、ナガサキを経験した後では、さすがに戦争をかつてのように、ちょうどオリンピックの競技を賛美するようにはいかなくなった。だが、羊の皮をかぶっていても、狼の本性は隠せない。

ロンドンのユーストン駅から鉄道で延々と北西に進むとやがてリバプールに着く。そこからさらに北に行くとランカスターだ。大西洋に面したこれらの港町にはかつて奴隷貿易、三角貿易で巨万の富を獲得した商人たちの巨大な館がいまでも立ち並んでいる。ロンドンのように観光客やビジネスマンの往来でかつての犯罪の跡がかき消されがちなメトロポリスと違って、ランカスターの町はまるで過去の呪いに縛られたかのようにひっそりとしている。町の中心部にはお城があるが、ここの地下はいまでも刑務所として使われているという話だ。

かつてD・H・ロレンスは、アメリカは殺戮した先住民の呪いによって滅びるであろうと予言したが、国際法的には、殺したのはまだ独立していなかったアメリカ人ではなく植民者なるイギリス人だ。「おまえはすでに死んでいる」とケンシロウのように言ってやらなくても、彼らはすでに死んでいる。では生き残っているのは誰なのだろう。それともそれは亡霊なのだろうか。

ロンドンの街を歩きながらそんなことを考えたわけではない。この二年、夏をベルリンで過ごした。すっかり気に入ってしまったベルリンはコンクリートで塗り固められた街である。大量の人間がここでレイプされ、殺害された。街を覆うコンクリートはトーチカのようにも見えるし、また墓石のようにも見える。ロマンチックな小さな町はドイツにはいくつもあるのになぜベルリンがいいのか私自身にもわからない。

森鷗外の作品の中にも出てくるティアーガルテンというとてつもなく広い公園もあるし、また市内を流れる川沿いにうらやましいくらいに静かで美しい散歩道もある。コンクリートに固められたというのは嘘ではないが、日本のそれとは根本的に違っていて、人間が息をできるような町を作るという都市の基本設計の思想は戦後ドイツの復興された都市にも継承されている。だが、それにもまして私がすごいと思うのは、変な表現だが、この町に住む人が貧しさを失っていないからだ。貧しさは恥ではない。正直に生きているということの勲章である。

なぜだろう。いつのまにか私たちは美徳としての貧しさを失ってしまった。これは日本とアメリカに特有の現象だと思っていた。しかしそうではなくて、どうも貧乏を悪徳とするイギリスの支配階級の道徳が、第二次世界大戦後の大量生産・大量消費のブームが作り出した消費資本主義の倫理の中核になってしまったのではなかろうか。

物質的な所有の量がその人間の道徳的価値を決定するなど、考えてみればばかばかしい話なのだが、この道徳が支配する社会では、はじめは抵抗があっても、徐々にそれが当たり前になっていき、やがてはこの道徳がまるで絶対的な価値を持っているかのような感覚が自然なものとなる。そこからはみ出てしまうと、ちょうど水の中から釣り上げられた魚のように口をぱくぱくとさせ、最後には窒息死してしまう。戦後のアメリカや日本の左翼知識人が敗北したのは、ここではなかろうか。イギリスではそうではない。もともと左翼知識人の大部分がこのような価値観のもとに生きていたからである。

ミネラル・ウォーターなんぞを飲みながら、極めてポッシュな、上流階級の英語でマルクス主義史観をひけらかし、資本主義の矛盾を糾弾し、社会の不正を攻撃するご本人が、ひとたび舞台から降りると、目のくらむような家賃のフラットに住んで、子どもを「ええしのぼんぼん」が通う「オプト・アウト」の進学校に通わせたりしている。私から見るととてもインチキなのだが、本人たちはまったく矛盾を感じていない。イギリスのエスタブリッシュメントとは、所詮、議会派と王党派の対立なのだ。

一九九〇年代の真中のこと、私はアメリカの詩人・写真家、アイラ・コーエンからの電話で朝の眠りから起こされた。いまブルームズベリーのオクトーバー・ギャラリーにいる。これからポエトリー・リーディングをやるのでお前も来い、と言う。あまり気がすすまなかったのでいやだというと、それなら次の日に遊びに来いと言う。それならまあいいや、どうせ怠惰なアイラのこと、一日中ベッドの上でごろごろしているだろうから、気が向いたら行くよと言って電話を切った。

変な話だが人間と人間の間には「期待指数」といったものがある。例えば、ある人が「あいつはなかなかの無頼だ」と言われると、自分でも無頼なのかと思ってその気になってしまい、無頼でなくてはいけないのか、いやあ無頼でいくぞ、となってしまう。ちょっと古いがジャニス・ジョップリン、シド・ヴィシャス、カート・コバーンなどはこの期待指数をまともに受けて破滅してしまった。

これを拒絶するのはなかなか難しいが、ボブ・ディランやレナード・コーエンは見事にそれをやってのけた。期待指数など「ファック・ユー」だが、そう言うのにはなかなかの勇気がいる。酒をやめたりタバコをやめたりするのはそれに比べると簡単かもしれない。バッカスは酒の神様のように思われているが、彼はそれだけではなく、この期待指数を司る神様でもあるのだ。だからバッカスを中心として天に上るあの強力な光りから離れることは、一度その栄誉に浸った者にとってはとても難しい。

電車でロンドンのキングズ・クロス駅まで行き、そこから地下鉄でラッセル・スクエアまで足を伸ばす。ブルームズベリーというのはモダニズムの時代に一世風靡したバージニア・ウルフなんかのブルームズベリー・グループが本拠地としたところ、というより、世界の一大盗品会場であるブリティッシュ・ミュージアムのあるあたりだ。このミュージアム、日本ではなぜか大英博物館とうまく訳されている。このあたりは小奇麗で、巨大な建物が余裕たっぷりに広がっている。夜になるとヒュー・グラントのようなアジア人を小ばかにする白人野郎が三人、四人、いまどき冗談でしょうというようなパーティー・ドレスを着たキャサリン・ゼタ・ジョーンズのような白人女四人、五人と連れ立って、甲高い声を張り上げながら車道を横切っていくような街である。とてもあの薄汚い、失礼、流浪の詩人アイラ・コーエンをイメージできるようなところではない。そこで、ちょうど洗濯物をもってパン屋から出てきた若い女の子をつかまえる。

はじめてローマに行った時、百人広場の真中にある噴水の中に足をつけて遊んでいたイギリス娘と意気投合してよもや話をしていた時のことだ。小さな青りんごを上着のポケットの中から大事そうに取り出して噛り付いている彼女は、もう一方の手をデニムのミニスカートのポケットの中に突っ込んでいる。そのポケットのまわりが手垢で汚れている。その汚れ方が半端ではない。金髪の小柄な少女の屈託のない笑いに私は感動したのだが、いま目の前にいる彼女の笑顔からその時の感動に近いものを受ける。イギリスは物価が高い。ロンドンは特に住居などの物価がさらに高い。だからここで少しの収入で生きていくためにはいろいろなことを犠牲にしなければならない。洗濯物を手にした彼女は、とても礼儀正しくて、ロシア革命からその名を取った「オクトーバー・ギャラリー」の場所をていねいに教えてくれた。

苦労してたどり着いたのに、そこに着いた途端に帰りたくなるのはよくあることだ。この直観に逆らうと傷が深くなる。さらばバッカスの光りだ。

といってもここで話が終わってしまうわけではない。バッカスの次にやってくるのが、半獣神のはずである。さもなければ死神。あの巨大な鎌を手にした禿げ頭の爺さんに会いたくなければ、半獣神に変身するほかはない。かつてマラルメは、森のなかの湖で沐浴するニンフ、つまり妖精たちを木立の影からそっと見つめ、機を見て一気に襲いかかる半獣神の姿をソネット、フランス語風に発音すると「ソネ」という形式の短詩にまとめた。確か、逃げおくれたニンフが半獣神につかまり、西の空を夕陽が真っ赤に染めていくところでこの詩は終わっている。ニンフを見つけるのは簡単な仕事ではない。いや見つけるのではなく、ニンフは神秘的にあなたの前に立ち現れるのだ。マニュアルもなければコンサルタントもいない。先行予約もなければ、賄賂も効かない。グーグルで検索しても出てこない。そもそも現れるか現れないかさえわからないのだ。

場面はギリシャの北の町、セサロニキに移る。ここはアテネに次ぐギリシャ第二の都市である。アイラはニューヨークに帰っていった。ロンドンからチューリッヒ経由でこの街に着く。小さな空港は精悍な顔つきの若いドイツ人のカップルで一杯だ。ゲーテ、ニーチェ以来の伝統で、ドイツ人は太陽が照りつける南にバカンスにやってくる。戦後の西ドイツの経済発展に寄与したのが、トルコ人、クルド人などの外国人労働者であるが、北ギリシャからの出稼ぎもあったのだろう、バスで隣り合わせになった人のいいギリシャ人の爺さんが片言のドイツ語でいろいろと話し掛けてくる。

セサロニキのメインストリートに面したホテルにチェックイン。なんと私宛に手紙が来ている。それほど広くはないが清潔な部屋に荷物をおろし、ベッドに横になって手紙を読む。ソフィーという名前の女性からだ。何人かギリシャ人の知り合いはいるが、ソフィーという名前の知人はいない。そもそも私がこのホテルに予約を入れていることを知っているのは私だけのはずである。だが手紙は私宛で、是非会いたいので、後ほどホテルにやってくるという。

コベントリー時代、ロドス島出身のギリシャ人の友人がいて、彼のお姉さんの名前が確かソフィーだった。目も髪も黒いせいか、どことなく東洋的で、ちょっとソフィー・マルソーに似た美人であったが、これはまったく関係ない。狐につままれたような感じだが、無視して街にでる。外に出ると強い日差しで、一発でハイになる。素晴らしい気分だ。ラクダにのって街を歩いているような気分になる。しばらく歩くと大きな交差路に差しかかる。北側が公園で古代遺跡の発掘が続く高台に続く。そのさらに上に有名な教会があるはずだ。北アフリカから来た年配の女性の物売りが近づいてくる。信号が変わったので、海岸に直進する大きな路を進む。舗道というより、建物の回廊を進んでいく感じである。やがてアラビア風の巨大な建物、ホテルやマンションに囲まれた大きな広場に出る。広場を囲むようにして無数の椅子が並べられている。ビールやアイスカフェを前にして何をするでもなく、まるで石像のようにただただじっと座っているだけの人々。誘惑に駆られるが、もう少し歩いて広場を突っ切り、海岸通りに出る。青い海とともに心地よい海風が私のからだのあちこちを抱擁する。再び激しくハイになる。

ビム・ベンダースの描くキューバの海岸に打ち寄せる強烈な波はないものの、直に海に面する遊歩道をぶらぶらできるのはこの上もない贅沢である。大きく湾曲する海岸線沿いに白亜の建物が立ち並ぶ。カーサ・ブランカである。英語になるとホワイト・ハウスで味気ない。私もいつか『港のマリー』のようなカッコいいフランス語の小説を書いてみたいと願ってかつてフランス語を勉強したものだが、いまだに動詞の変化表が覚えられない。なにしろ野球のピッチャーがいちいち乱数表をチェックしてから玉を投げるようにして変化表を確かめながら読んだり書いたりするわけだから、呼吸するように自然なリズムが出てこないのもあたりまえだ。半時間ほどの散歩を終えると、再び広場に戻ってカフェに陣取り、潮風を相手にしながらギリシャのラガーを飲む。

酒はひとりで陰陰滅滅と飲むものという名言があるが、この十年ほどの間はほとんどひとり旅で、カフェでもレストランでも二時間、三時間とひとりで飲み、食べ、そして考える習慣がすっかり身についてしまった。考えるといっても実質だらしない夢想で、どこから始まるわけでもなく、どこで終わるわけでもない。もちろん地元の人間と短い会話を交わすのは楽しいが、用心して深入りはしない。二十代、三十代はまだまだ野心があって、年間に三百から四百人の人と会い、議論し、互いに売り込み合ったものだ。これも楽しいが、自分の本質はどうもそこにはなかったようだ。そして約十年間かけてようやくバッカスの呪縛から逃れたのだが、バッカスに囚われていたのには理由がある。彼に見捨てられた時点で自分の人生が終わってしまうような不安をどうしても打ち消せなかったのだ。いまでも時々それはそのとおりではないかと思うことがある。そんなに簡単に半獣神には「あがれ」ないのだ。努力だけではどうにもならないことがある。業とか因縁とか宿命とかいうと抹香臭いのでカルマと仮に呼ぶが、いままで右袖に左の腕を、左袖に右の腕を入れていたのにようやく気づき、なんだと笑いながら右袖に右腕を、左袖に左腕を入れるような感覚である。これはなかなか自分では気がつかない。気がついたことに気づくのに何年もかかることがある。

カフェの私の席の前に、少しだけ浅黒い二十代後半の女性が座った。濃いブルーと白のツートンカラーのワンピースで、ウエストを白い革のベルトで絞っている。足を組むとやはり白いヒールのサンダルが挑発的に私の体の中心に向けられる。彼女はアイス・ティーを注文し、それから濃いサングラスを外して少し白い歯を見せた。サンドラ・ブロックにかなり似ている。事実はともあれサンドラ・ブロックはギリシャ系なのかもしれない。彼女の視線を受けきれなくて、広場に視線を戻すと中央に組まれたステージの上でバンドがチューニングを始めた。風船売りの周りに子どもが集まる。私はもう一本ギリシャ・ラガーを注文し、ようやくタバコに火をつける。

広場でバンドの演奏が始まった。テーブルに群がってくる子どもやアフリカ人の物売りをやり過ごし、給仕に合図をして呼び寄せ、勘定を済ませる。よく日焼した中年男の給仕は黒い皮の巨大な財布から釣銭を出すとこぼれるような微笑を見せる。ちらりと視線をやると、さきほどの女性の前には、かつてのアリストテレス・ソクラテス・オナシスを十五歳ほど若くしたようなギリシャ野郎が座り、なにやら二人で親密に話し込んでいる。私は小銭をテーブルの上に置くと座り心地のよい籐の席を立つ。来た路を引き返し、あらかじめホテルで聞き出しておいた安くて美味いギリシャ料理のレストランに足を向ける。信号で待っていると、私の後ろ髪ひくやつがいる。そして耳元で呟く。「俺のソフィーはどうなったんだい」。バックネット際のキャッチャーフライを捕球にいく捕手がアンパイアのプロテクターの胸をどーんと突くように私はそいつの胸を押し、カフェに足を向ける。進軍だ。兄弟。これが私の半獣神になった午後である。

11 オンチ・イズ・ビューティフル

いま私はリバプール郊外の、ジョン・レノンが子どもの時にたぶん覗き込んでいた場所に立ち、ストロベリー・フィールドを見ている。レノンについては何冊か本を読んでいたので、そのどこかにここの写真が載っていたのであろう、他の「名所・旧跡」とは違って、ここは来る前からはっきりと私の記憶の中にあった。やや大げさに言うと、自分自身の子ども時代に戻って、夏の強い日差しをさえぎるうっそうと茂った緑の中から、秘密の花園につながる小道を、乗り越えることのできない垣根越しに覗いているのだ。

リバプールに着いたのは八月の終わりだ。イギリスでは八月の最後の週末がバンク・ホリデーといって連休になる。期間は短いものの、いわば日本のゴールデン・ウィークに近い。イギリスに住んでいればそういうこともないが、いかんせん日本にいる限りそんな連休のことなど忘れている。ホテルや乗り物は混むし、料金も高い。かつての日本の正月料金のようなものだ。たとえばタクシーでも初乗りの料金が普段よりかなり高く設定してある。みんな休んでいる時に働くのだから当然といえば当然なのだが。

本当はロンドンのキングズ・クロス駅から電車でリバプールに向かうはずであった。だが、この路線がオーバーホールのために電車は各駅停車まで含めて全面運休。しかたなく三十人乗りくらいの小型ジェットでリバプールのジョン・レノン空港に飛ぶはめになった。

空港からのタクシーはまるでマサチューセッツ州のアムハーストのような美しいグリーンを抜け、リバプールの巨大なドックに着く。ここはアイルランド海に面した、かつて大西洋貿易で栄えた港町である。対岸のアイルランドまでは船でちょっとの距離だ。だから工場はもちろん、海運や陸揚げ作業のための「安価な」労働力がかつては豊富に入手できたと言われている。今でもここはアイルランド系の移民が多い。リンゴ・スターを除くビートルズのメンバーはみんなアイルランド系の血筋だったという話だ。

ランカシャーというと私などのタイガー・マスク世代にはランカシャー・スタイルのレスリングがすぐに思い浮かぶが、ここは十八世紀に綿花と奴隷貿易で栄えた一帯。そしてリバプールはかつてのニューヨークのように世界の貿易の中心であった。そういえばレノンの実家の近くにすごく美しい公園が今でも残っているが、地元の人の話だと、この公園を設計したのはマンハッタンのセントラル・パークを設計したのと同じ人なのだそうだ。

人間が刻々と変化していくように、都市も変化の波には逆らえない。やがて奴隷も綿花も時代の流れに合わなくなっていく。それでも貿易港としてのリバプールの地位はかなりのあいだ高いものであったらしいが、イギリスの経済が、アメリカよりもヨーロッパとの関係を重視していく中で大西洋貿易は徐々に衰え、リバプールに変わってフェリックストウなどの東海岸に大きな港が建設されていくことになる。それにもまして深刻だったのは、重工業の衰退だ。資本主義は一円でもコストの安いところを嗅ぎつけて泳いでくるサメのようなやつだ。朝八時から夜八時まで、ほぼ毎日、工場や港に出かけて働くというライフスタイルがほとんどの西側先進国から消えていくのが、一九七〇年代、八〇年代の現象であった。産業構造の変化の中で重工業を中心とした男性の工場労働者が職とプライドを失うというのはイギリスの映画界の巨匠、ケン・ローチが好んで描いたテーマだ。ローチの作品ではないが、九〇年代のヒット作『ブラス』や『フル・モンティー』も同じテーマを扱っている。良い、悪いは別にして、いまドックはウォーターフロント再開発というやつで生まれ変わり、巨大なショッピング・センターになっている。私が滞在するホテルもこの一角にある。

タクシーから見えたアイルランド海は真夏であるにもかかわらず、灰色で寒々としていた。「これだ、これだ」と私は心の中で思う。トクステス地区での激しい暴動の後で、八〇年代に人気を博したテレビ番組がある。アラン・ブリーズデイルというイギリスではよく名の知れた、才能のある脚本家で、変な喩えだが、大島渚監督の過激さと山田洋次監督のリリシズムを同時に持ったようなタイプの作家が書いた連続テレビ・ドラマだ。『ボーイズ・フロム・ザ・

ブラックスタッフ』というのがそのタイトル。二言目には「仕事をくれ」というヨッサー・ヒューズという男が主人公である。このことばは当時の流行語になった。黒々とした口髭をたくわえ、黒のレザー・ジャケットをかっこよく着こなすこの失業野郎は、妻にも逃げられ、最後には子どもを養育する能力がないということで、最愛の子どもまで国家権力に奪われる。強制執行で乗り込んできた警官にバットで立ち向かい、最後には警官にぼこぼこにされる彼だが、ソーシャル・ワーカーに連れられてゆくヒューズのまだ幼い子どもが、偽善的な大人に、イギリスでは「グラスゴー・キス」と呼ばれる顔面への頭突きを喰らわせるシーンが泣かせる。

このテレビ番組は確か四つか五つのエピソードからなっていて、有名になったヨッサー・ヒューズのエピソードはその何番目かである。イギリスで学生をしている時に、寮の狭い部屋にメディア・センターから借りてきたビデオとテレビを設置して、朝から晩まで、クリーミーな泡が出るように特殊な細工が施してある缶入りのギネスを飲みながら、一気にこのシリーズを見た。メディア・センターの係りの男の子がとんでもない美男子で、しかも性格がいいときていたので、へんな気分になったのを覚えている。それはともかく、ベッドの上で自分の足首を握りながらこのシリーズを見終えたのだが、最終回は地域のリーダーであり、みんなの面倒を見てきた労働組合の老活動家が死を迎え、残された人々たちが本当にさびれてしまった、寒々としたドックに佇むというところで終わる。まるで爆撃にあったような荒廃したドックの建物に立つ男たちの姿がだんだんと小さくなっていって番組は終わった。二十年以上も経った今、やたらと風の強いこのドックの同じ建物の中で、彼らの眺めていたのと同じ灰色の海を眺めている。

持ち込んだジャック・ダニエルをグラスにどくどくと注ぎ、剝き出しの煉瓦の壁に頭をこすりつけながら海を眺めていたジョニーだが、酔いがまわってきたのか、腹が減ってくる。ジャケットを引っ掛けて街に繰り出す。でこぼこの石の舗道が続くドックの一帯を抜け、片側三車線の大きな道路を横切って、小さな公園のようなところに入ると、移動式の遊園地が見えてきた。カーニバルのような雰囲気だが、あとでパブの女性に聞いたところ、この日は毎夏開かれるビートルズ関連のお祭りの最終日ということだった。男たちが器具を使って回転木馬や小型の観覧車などを解体《ばら》している。芝生の上にシートや古毛布などを敷いた家族連れや、若者のグループがまだ少し残っていて、缶ビールを飲みながらジャガイモを食べている。太陽はすでにかなり傾いていて、ソーセージを焼く屋台ではどぎついアイラインのリバプール女が鉄板を掃除している。

与謝野晶子風に言うと、今宵すれ違う人、みな、かなり酔っている。公園のあちこちに男女の制服警官が立っている。まだ十代の初めくらいの少年たちが背の高い警官に尋問されている。女性警官がひとりの少年が持っていた炭酸飲料の缶を取り上げ、中身を排水溝に流している。

多分なかにウイスキーか何かを入れていたのであろう。なんだかすごいところに来た感じがするが、退却はしない。さらに街の中心部へと向かう。

これもあとでパブの女性に聞いた話だが、陸に上がった船員たちが酒と女を求めて歩いたので「パラダイス・ストリート」と呼ばれるようになったという、大きな商店街をどんどん歩いていく。例によって店はすべて閉まっているが、人の多いこと多いこと、そして連中はみんなして泥酔している。目の前を歩いている、全員かなり太った三人の家族連れだが、結構年を食った父親と母親はともかく、ふたりに手をつながれて真中を歩く小学校高学年くらいの女の子の酔い方が尋常ではない。いまにもぶっ倒れそうだ。こちらも早く飲まないとリンチにあうのではないかという恐怖感が一瞬走る。ところが、どこのパブも、これまた泥酔状態の連中で超満員なのだ。とても中に入れそうにない。これはと思ったパブのドアを開けたが、ここも超満員で、入り口には手に手にパイント・グラスを持った胴回りが二メートル近くあるスキンヘッドの連中が一斉にこちらを見る。背の高い二十代の初めくらいの女性がいまにも沈没しそうなのだが、彼女のめくれ上がった白いミニスカートが「謝絶」という文字に見えてくる。

あきらめてホテルに戻ろうかとも思ったが、ここで負けてなるものかと、かつての横綱、輪島関のように徳俵でふんばり、少し勾配のある通りをのぼっていく。この通りは不思議に先ほどまでの熱気がどこかに消えてしまっていて、今度は逆に人気のない不気味さが漂う。スーツを着込んだドラッグ・ディーラーが拳銃を持って飛び出してきそうな店がぽつぽつとあるだけだ。街の中心からも、ホテルからもどんどん遠ざかっていく。ジャック・ダニエルのほろ酔いは完全に消えてしまって、口の中がやたら渇く。とてもゆっくりと飲めるようなところはない。弱気になったところで、巨大なドアが日本の年末の門松のように淋しく疎外されているパブを見つけた。意を決して、地獄の門のように重いドアを押して中に入る。意外にもすいているようだ。さきほどまでにぎやかに喋っていた連中が一斉に話を止め、視線をこちらに集中させてくる。ちょうど、いたずら盛りの子どもが、夏の太陽光線を虫眼鏡で束ね、とぼとぼと歩く蟻に焦点を当てるような感じだ。ここで背中を見せると焼き尽くされてしまうので、逆に黄金の微笑みを返す。すると約〇・五秒くらいで、先ほどまでの燃えるような視線は日常に戻り、私はビールを注文するライセンスを手にすることになる。

地元のエールを一気に喉に叩き込んで、間髪いれず二杯目をカウンター越しに頼む。多分三十代の後半だと思うが、四十代半ばに見える、金髪のポニーテイルの店の女の子が話しかけてくる。とてもひとなつっこい。納豆のように糸を引く関係は好きではないが、ここでは贅沢は言えない。三杯目のパイント・グラスを運んできた彼女はリモコンで大きなプロジェクターのスイッチを入れた。赤いユニフォームのサッカー選手の姿が浮かび上がる。ここは一応スポーツ・パブなのだ。

ジョン・プレイヤーのボックスから一本抜き出して口にくわえると、ポニーテイルの中年ジュリエット・ルイスがライターで火をつけてくれる。タイミングよくドアーズの「ハートに火をつけて」が流れる。ケーブルテレビから流れてくるのは映像だけだ。アースナルのアンリがピッチを走り回る中、ジム・モリソンが唸る。これって俺のミスマッチ？ と思いたくなるが、まあいいではないか。

目の焦点が合わないジュリエットとリバプールやレノンの話をしながらエールをぐいぐいとやる。今宵は音楽談義だ。五杯目のエールに口をつけたところで、ジュリエットの携帯がなる。「ばか！」と彼女は恨めしそうに携帯を取り出して店の奥に行った。ほんとに「ばか」と聞こえるが、北イングランドの連中がよく使うことばで bugger が正しい綴りだ。多分、家からの電話であろう。私はそれを潮時にカウンターから離れて、空いているテーブルにグラスを置く。そろそろ瞑想の時間だ。

中学生の時からの友人で、よく一緒に遊んだ不良仲間のひとりが最近病気で死んだと、高校の時のガールフレンドからメールがあった。まあ他にも死んだ奴はたくさんいるのだが、奴がとうとうくたばったというのには、ちょっと、ズキッときた。自分が立っていた地面が実は砂地で、その足場がスーッと崩れていくような感じだ。奴さんとは一緒にマラソン大会にも出たし、パンク・バンドもやったし、ヘルメットをかぶって大阪の御堂筋なんかでかなり暴れたりもした。

　中学の音楽の時間に「調音」とかいうのがあった。音楽教師がブラインドで適当にピアノの鍵盤を叩いて音を鳴らし、生徒がその音階を言い当てるというやつだ。正確にはどういうのか知らないが、当時その教師はそのような用語を使っていた。ところが私はどうしてもその音階が当てられない。他にもだめなやつがいたが、特に私はぜんぜんだめで、死んだ悪友は、「おまえほんとにわからないの」と言う始末だ。この野郎は西洋音楽の素養がやっぱりあったんだろう。高校生になるとフルートやトランペットを吹くようになり、さらに女の尻を追いかけて合唱部に入ってそれなりに活躍していた。

　ある時シューベルトの歌曲を教師のピアノ伴奏に合わせて歌わされるテストがあった。ひとりずつ歌うのだが、効率よく進めるために、次の番の生徒が歌っている奴のすぐ後ろでスタンバイするようになっていた。むろん気が進まなかったが、なにしろまだ中学生だから、拒否するわけにはいかない。それなりにまじめに歌ったつもりだったが、何回もNGを出し、最後には音が合わないと言って、そのウィノナ・ライダーに似た教師は、かつての山下洋輔のように両手で鍵盤を激しく叩き、真剣に怒り出す始末だ。一方、私の後ろで順番待ちしていたのが、この悪友で、この試験の後、廊下でみんなに「こいつの歌を聴いたら、はらわたが腐るぜ」と顔を真っ赤にして笑っていたのを思い出す。

十本目のジョン・プレイヤーを洗面器のようにでかいガラスの灰皿でもみ消すと、私はパブを出た。いつの間にかカウンターに戻ってきていたジュリエットがこぼれるような微笑を見せる。ロンドンではなかなか出会えない微笑だ。来た路を引き返すが、すでに酔っ払いの姿はほとんどなく、空はところどころスパンコールのように輝く穴のあいた黒いマントに覆われている。高校の時、もうひとり中学時代からの友人がいて、実はこいつはなんと小学校の時からの知り合いで、合唱部の部員で、しかも峰フジコによく似ていた。彼女曰く、「あなたって音痴なのよ」。

藤棚の下でそのように告白されたらさぞ衝撃的であったろうが、確かずる休みで授業をさぼり、保健室から大あくびをしながら出てきた時につかまって、そのような宣告を受けたはずだ。その「オンチ」ということばは当時の私にはとても新鮮に聞こえた。なにしろそれまでは、「オンチ」というのは「イボジ」だとか、「ハクチ」だとかと同じラインの罵倒語としてジョークに使うのが当たり前だと思っていたので、こうも的確に他人の属性を言い当てるために使われるのを耳にするのは初めてだったからだ。これで中学の時の音楽教師の怒りや、ダチの哄笑の理由が解明された。

ある一定の基準を作って、この基準に当て嵌まらない人間を、社会のシステムからはじき出すために用いられる、選別のための用語ばかりが幅を利かせるのが、選民思想が光り輝く、差別と欺瞞に満ちた、排外主義の権化である、ヨーロッパ・キリスト教文明なのだ。「オンチ」に始まり、そんなことばばかりが飛び交う社会での生活を、なぜ私たちは強制されなければならないのか。必要なのは差別ではなく、連帯であり、憎しみではなくて、慈悲の心ではなかったか。リバプールの街のなだらかな坂道を、港に向かってひとり歩きながら、私はレノンのようにポケットに両手を突っ込んで、肩を張り、勝利の咆哮をあげる。

ルロイ・ジョーンズはブルースの歴史についての本の中で、白人プロテスタント社会から強制される西洋の音楽と激しく対立しながら発展してきた黒人音楽を熱っぽく語っていたが、世界中にはいろんな音楽、いろんな音感、いろんな音楽原理があるにもかかわらず、なぜ西洋音楽だけが絶対的な価値を持つ音楽でなければならないのか。なぜピアノが音楽教室にデンと座っているのか。もっといろんな楽器、もっといろんな歌、もっといろんなリズムを楽しめばいいではないか。そしてもっとボブ・マーリーのように自分に自信を持とうじゃないか。ラスタマン・バイブレイション・ポジティブだ。「ブラック・イズ・ビューティフル」であるように、「オンチ・イズ・ビューティフル」なのだ。だって、日本で最初に抽象画を描いたのは恩地孝四郎ではなかったか。

それにしても腹の減った私は、ゆるやかな坂道の途中で見つけたベトナム料理店に入る。考えてみれば今日は朝食のほかは、飛行機の中で配られたミニ・サンドとオレンジ・ジュースしか腹に入れていない。客がひとりもいないのが不気味だったが、とてもひとなつっこいベトナム女性が適当に前菜からメイン・ディッシュまでを選んでくれる。彼女は完璧なリバプール・アクセントの英語を喋る。かつてのレノンが話していたのとほぼ同じ英語である。彼女を相手にギネスを呷りながら、運ばれてくる料理を次から次にたいらげていく。

デザートの後で、コーヒーを飲みながら持参したマニラ産の葉巻をくゆらす。相当満腹になった後ではタバコではものたりないのだ。アオザイを身に纏った彼女にコニャックを頼む。それにしてもこの店、もう二時間近く彼女と私の二人だけだ。何年か前にホノルルの夜景を見ながらベトナム人の運転手と交わした会話を思い出す。あの時は、寺山さんの「マッチ擦る」の世界に近かったが、二世代目の彼女はリバプールしか知らない。私のいつもの馬鹿げた問いに、彼女は、この街が気に入っていると、ほとんど逡巡せずに答えた。二杯目のコニャックを飲み干すと、グラスをそっとテーブルの上に置き、私は彼女にサヨナラを言う。

人気のないパラダイス・ストリートを抜け、黄色い照明がエアポートの滑走路のように続く片側三車線の道路を渡って、ドックに戻る。運河の水がまるで冬のように冷たく光っている。ジャケットのポケットからマニラ葉巻を取り出して火をつける。ライトアップされた煉瓦造りの建物が地面を這うようにして続いている。運河から時々水鳥が立てる音が聞こえてくる。夜空はとてつもなく広く、脱色された丸い月がまるで孤独なアナーキストのように笑っている。

隣に女性がいれば、「お嬢さん、冷えてきましたね」と言ってジャケットを被せるシーンに近いが、残念ながら、私は相手のジャケットをもらったことはあっても、ジャケットを差し出したことはないし、差し出したいと思ったこともない。それにしても一隻も船が停泊していないドックは淋しい。ほとんど誰もいない、世界の地の果てのようになってしまったマージーサイドの一角で、眠りこけている巨大なパーキングの鉄製の乗り物たちに一瞥をくれると、私は短くなった葉巻を火がついたまま運河の中に投げ入れる。

何重にも設置してある防火扉を次々に開け、だだっ広い廊下を通り抜けてようやく自分の部屋にたどり着いた。素っ裸になってシャワーを浴び、バスローブを引っ掛けてベッドの上にぶっ倒れる。天井を見つめる瞳はやがて閉じ、私はようやく、ここでもなければ、どこでもない世界に引きずり込まれていく。喉の奥から飛び出した、ほとんど目に見えないもうひとりの私の微粒子は、だらしなく眠りこける過去の自分の姿に唾を吐きかけ、閉め忘れたフランス窓から自由な世界へと飛び出していった。

12 さらば西インドのオッサンたち

リバプールのジョン・レノン国際空港はけっこう混みあっていて、ひとりひとり丁寧にチェックを続ける手荷物検査などに時間がかかったせいもあって小型ジェットに乗り込んだのは最後のほうであった。タラップを上って機内に入り、狭い通路を奥へ奥へと進み、チケットの番号にある自分の座席にたどり着くと、すでにそこはビジネスマンらしき男たちに占拠されている。座席指定は形だけのものであり、乗合バスのように全席自由になっているようだ。しまったと思うがすでに時遅しである。入り口近くに少し残っていた空席も私より後に乗り込んできた乗客に占領され、ちょうど椅子取りゲームの敗者のように私ひとりがうまい具合に取り残される。金髪碧眼、細身で長身の二人のスチュワーデスがにこやかに私を迎えて言う。「ご心配なく、私たちが解決しますから」。この「解決する」は英語で「ソート・アウト」と言う。ところがこのことばがやっかいだ。主体的に問題を解決するとも解釈できるが、日本語の「善処します」によく似ていて、「さあー、わからないが、なんとかなるんじゃないの」という意味にもなる。そして実際に結果が出ないことのほうが多い。イギリス人のいい加減さは世界的に有名だが、このセリフが出てくると「無責任」というのぼりが上げられたと覚悟したほうがいい。ちょっとまずいぞ。なにしろこちらは今日の昼までにロンドンに着いて、マンチェスターの「プロサッカー選手協会」の本部がアレンジしてくれた日程にしたがって、ホワイトレーンにあるトッテナムを訪問することになっているからだ。

案の定なにも起こらない。二人の美女はあたかも仕事をしているかのように雑談をしたり、時折トランシーバーで地上職員と交信しているが、どうみてもこれは時間稼ぎだ。どこかでミスがあったはずだが、すでに飛行機は満席なのだからいまさらミスを見つけ出してもどうにもならない。ただひたすら誰かがギブアップするまで待つしかない。つまり、席を取り損ねた私に降りろと言っているのだが、この程度の神経戦で参る私ではない。そしてこんな時にものを言うのは服装である。

ミッドランド地方の大学で客員をしていた時、在日の研究者で同じく客員として人種問題研究所に勤務していた人がいた。この人はなかなか根性のある人で、人を見かけで判断してはいけないと自分の子どもたちに教え、自らも実践していた。このイギリスの片田舎の大学に赴任して間もなく彼は大型スーパーマーケットに買い物に出かける。買い物に行くわけだから堅苦しい服装などは不要だ。ジーンズにTシャツという軽装で、リヤカーのようにバカでかいカートを押し、ワイン売り場を物色していた時のことだ。ヨーロッパのワイン売り場はとにかく品揃えがよくて、高級ワインは無論、ハンガリー・ワインやら、安くてうまい珍しいワインが並んでいて、思わず時を忘れてしまうものである。彼も初めてワイン売り場にやってきたので、長時間ボトルを手に取ってはあれやこれやと品定めをしていたらしい。すると、怪しく思った警備員がやってきて、「お前は何をしているのだ。職業はなんだ、どこから来た」などと人権無視の質問を次々と浴びせかけてきたという。爾来まじめなこの研究者は家訓を修正した。「人を見かけで判断してはいけないが、人は見かけで判断される」というのがそれだ。幸い私はそのような不愉快な目には遭わなかったが、ギリシャ人の友人などはレジで身分証明書の提示を求められたり、クレジット・カードでの支払いを拒否されたりするのはしょっちゅうであった。そういえば私も若い頃、ヒッピー風の服装でローマを徘徊していた時、警官から「お前はなにものだ」という職質を受けたことがあった。

こんなこともあるかと、面倒くさがらずにスーツを着用し、ネクタイもきっちり締めてきたのがよかったようだ。スチュワーデスたちは相変わらずのんきなものだが、乗客たちがだんだんいらだってくるのがわかる。二十分ほどこのような膠着状態が続いた後、遂に痺れを切らしたひとりの乗客が立ち上がって出入り口に立っている私たちのほうにやってくる。四十代の巨大な肉体を持つ白人女性で、真中から分けたストレートの髪を肩まで垂らし、度の強い眼鏡を掛けている。「私は次の便でも間に合いますから」と言ってさっさとタラップをおりて行こうとする彼女を二人のスチュワーデスが次々に抱きしめ、「神のご加護を」などと感謝のことばを投げかけて祝福する。タラップが外され、ドアが閉まり、ジェットはエンジン音をあげていく。彼女たちの予言のように、このようにして「問題は解決」されたのだ。セックス・ピストルズのジョニー・ロットンはかつて名言を吐いた。「俺は相手を威嚇する以外の目的でスーツを着たことはない」。

シートベルトを締め、さて離陸の用意ができたところで、今度は機長のほうがなかなか仕事に取り掛からない。いまエンジンの最後のチェックをしているというアナウンスが流れるが、どうもうさんくさい。エンジンの調子が悪いとなると誰も文句を言わないのがわかっていてこのような見え透いた嘘をつくのだろうか。小さな窓から外をみてもマシンの調整をしている様子はない。三十分ほどそうしていたが、やがて管制から離陸の許可を待っているところだという放送が流れた。安全設備の説明を終えたスチュワーデスは向かい合って座り、「私たちには関係ないわよ」とばかり何やらゴシップで盛り上がっている。結局一時間弱のフライトのために一時間以上待たされたあげくジェットはようやく空に舞い上がった。緑の多いリバプールの郊外から一度北海上空に抜け、その後は高度をさらに上げて雲の中に。高度が上がるにつれて激しい眠気に襲われる。昨夜はよく寝たはずなのだが、疲れが出たのであろうか。結局ロンドン・シティー空港に着くまでの間、頭は完璧に霧の中であった。

予定していた時間を相当すぎていたので、空港ロビーに着いてすぐに公衆電話からトッテナムに電話をする。教育・厚生担当のグインさんが電話に出る。「いやあ、着いたかね。ラッキーだよ。今日は試合がないからスタジアムの中を案内できる。今からでも遅くないからタクシーで来なさい。ええ？　いや、そりゃ高いけど、電車に乗り換えてとかはとても面倒で時間もかかるしね」。ここからホワイトレーンまでだとリバプールからの安い飛行機代くらいかかるが、まあ仕方あるまい。すぐに黒塗りのタクシーに乗る。運ちゃんは上機嫌だ。ベニスのゴンドラの船頭が着ているような派手な縞のシャツを着ている。「日本の選手が移籍するんですかい」と突拍子もない質問をしてくる。その次はどのチームをサポートしているかというお決まりの質問だ。こんな時、「前に住み着いていたことがあるのでやっぱりコベントリーかな」と答えることにしている。コベントリーは地味でそれほど強くはないチームなのであたりさわりがない。それに前に住んでいたことがあると言えば、なぜサポートするのかといった野暮な質問が追っかけてこない。そして間髪をいれずに相手が支持するチームを尋ねる。すると向こうはおよそ三十分くらいひとりで延々とサッカーの話を始めるからあとは適当に相槌を打っておけばよい。

タクシーは軽快にドックランドをぬけてウエスト・エンドに入る。一年程前から大ロンドンというか、ロンドンを大きくとりまく環状道路M25の内側に入るためには十ポンドの木戸銭を払わなければならなくなった関係か、市内はかつてほど渋滞することはなくなった。選挙で選ばれるようになってからのロンドン市長、ケン・リビングストンの打ち出した政策はうまくいっているようだ。とは言ってもホワイトレーンはかなり北にあるので、途中何度も軽い渋滞にひっかかる。パリもそうだが、ロンドンも東京や大阪でお目にかかる首都高速や阪神高速のような醜い立体交差はない。どうしても立体的に交差しなくてはならない場合、どちらかの道路が地下を潜るようになっている。アンダーパスと言って、ザ・スミスの初期のヒット曲の歌詞の中にも出てくるやつだ。イギリスは日本より国土は狭いくらいだが、なにしろ山が極端に少ないので延々と平地が広がっていて、交差点はラウンドアバウトになっているところが多い。ラウンドアバウトというのは、交差する四本の道路が直角かそれに近い角度で交わるのではなく、それぞれの道路がいったん吸い込まれる巨大な円形の右回りの道路のことだ。ここに吸い込まれる前に、一度車はスピードをゆるめ、向かって右から車が来ていないかどうかを確かめる。来ていなければそのまま円の中に進入する。来ていれば、余裕を持って進入できるまで待つ。進入してしまえば、あとはウインカーをチカチカやらせて行きたい道につながる出口に入ればよい。だから信号は要らない。極めて合理的で、しかも人間をイラつかせないいいシステムだ。もっともロンドンの中心部ではさすがにラウンドアバウトだけでは大量の車を処理できないので、信号も多くなった。

ウエスト・エンドを抜けてさらに北に進むと、徐々に白人の姿が少なくなっていく。風雪に曝された剝き出しのコンクリート壁が続く。年代ものの地下鉄の駅から出てくるのは一九五〇年代のニューヨークのハーレムを歩くコート姿の黒人女性のような感じの人々だ。小さな店がいくつか並んでいる。ジャガイモのフライを売るチップス屋、ドライ・クリーニングの店、鍵や靴の修理店、舗道まで店舗代わりにしている花屋などなど。タクシーから降りて歩いてみたくなる誘惑を何とか抑える。もう半世紀も前のことだが、大阪の天下茶屋で靴職人をしていた伯父がいて、時々遊びに行ったものだ。当時の下町の暖かい雰囲気を思い出す。この伯父夫婦は若い時に朝、昼、晩と一升ずつ米を炊いては二人で平らげていたそうだ。伯父は大酒飲みでもあり、毎晩四、五時間かけて二升ほど飲むと、あとは飛田遊郭を練り歩き、着ているものを一枚一枚脱いでいったという。最後は肝硬変になって死んでしまったが、ちょび髭を生やした、幸せな人生ではなかったか。郷愁を誘うのはこの街の少し埃っぽい臭いだ。何かの故あって故郷を離れ、異郷を故郷として生きていく人たちの作り出した界隈には、なぜか独特の埃っぽい臭いがする。それにしても街を行く人は黒人ばかりだ。アメリカの、前の国務長官の従兄弟が確かロンドンのバスの車掌をしているという記事を読んだ記憶があるが、彼らの多くはかつての植民地であった西インド諸島から第二次大戦後にやってきてロンドンに住み着いた人々のようだ。体がとてもでかい。九六年にブリクストンのブリクストン・アカデミーにラモーンズの解散コンサートを見にいったことがあるが、ブリクストンはもっとやばい感じの町だった。かつて人種暴動が起こったということもあるが、あちこちにドラッグ・ディーラーがいて、とりあえずここにやってきたか、行くところがなくなって流れてきたか、そのどちらかの連中しかいない。会場のアカデミーはオールスタンディングで、床は屠畜場のようなコンクリートの打ちっぱなしで、ステージに向かって傾斜している。腹と胸の間に食い込むような鉄製のレールがステージと平行に何メートルかおきに設置されてあって、ここで十代の若者から五十代のおっさんまでが一緒になって喚き、歌い、飛び跳ね、互いに押し合う。時々会場の後ろにあるバーに行ってビールを補給する。ラモーンズは何度も退場し、何度も登場する。曲と曲の間のトークは「ワン・ツー・スリー・フォー」のみだ。帰りのタクシーで一緒になった二人連れが、「あいつらはしょっちゅうこれが最後だと言ってるからな」と笑っていたのを思い出すが、あれが本当に最後になったのは皮肉だ。時が経ち、ラモーンズのメンバーの多くは鬼籍に入ってしまった。

「サイコ・セラピー」のリフレインが頭に浮かびそうになった時に黒塗りのオースチンはトッテナムのスタジアムに着いた。車から舗道に降り、イギリス風に助手席の窓から車内の運転手に料金とチップを渡す。車が過ぎ去るよりも早く、ガラス張りの正面のエントランスから小柄な黒のスーツ姿の紳士が現れた。赤いネクタイがよく似合う四十代前半の金髪だ。握手と同時に、猛烈なスピードで案内が始まる。赤いジャケットの受付嬢の横をすり抜けて急な階段を三階まで上る。

案内のグインさんもかつてはプロ選手で、ウェールズの代表にまで選ばれたらしいが、試合中のアクシデントで足を負傷し、早期引退を余儀なくされた。それからは選手会に所属して、若い選手の教育の手助けをしているという。ベッカムやオーエンのような大スターになれば別だが、たいていの選手は十五、六から二十二、三歳までが活躍できる期間だから、引退後に社会人としてやっていけるような訓練をしておくのだという。引退後の道はいろいろで、グインさんのように選手会の職員になったり、コーチになったり、あるいは一般の企業に勤めたり、トラックの運転手から弁護士まで、さまざまな個人業種になったりするという。選手は週に三回、十一時から二時頃まで練習し、あとは週末に試合をしたらそれで終わりだそうだ。自分の好きなことをして結構な報酬をもらうので働いているという意識は低く、試合以外での生活の中でルールを守らせるのは難しいという。そこで、一般人と乖離しないように、学校の勉強も含めて、かなりの時間机に座らせるそうだ。

ハーフタイムに観客がビールやワインを飲める大きなラウンジや、プレスルーム、記者がパソコンから記事を送ることができる情報通信用の部屋、インタビュー・ルーム、クラブの栄光を辿ることができる展示室などを次々に見せてもらう。しかしなんといってもすごかったのがガラス張りのＶＩＰルームから見たピッチの光景である。選手がいなくても美しい緑の芝を見ているだけで興奮してくる。部屋そのものもゆったりとしていて、食事もできるという。試合のない時には会議室としても使っているらしい。よかったらピッチに出てもよいというので、ことばに甘える。かつてマラソン大会に出場した時の長居陸上競技場の光景を思い出す。私の通っていた中学にはラグビー部があって、ここはいわゆる不良の集まりだった。私は部員ではなかったが、ほとんどの友達はラグビー部員で、彼らが劣悪な、まるでコンクリートのように硬い校庭のグランドで傷だらけになりながら練習していたのをよく見ていた。だからマラソン大会に出場した時、スタート地点となった長居のフィールドに立った時の彼らの興奮ぶりといったらなかった。まるで買ったばかりのベッドのマットレスの感触を楽しむように芝生の上を転げまわり、恋人のやわらかい体に飛び込む時のようにダイブしては、猫のように喉をならす。あれだけでも二カ月間毎晩十キロを走った値打ちがあると思えたほどだった。トッテナムのピッチにたったひとりで佇みながら、私はまるで自分ひとりだけが生き残った『白鯨』の語り手、イシュメルのような感傷に浸っていた。民族の違いや過去の身分制度の悪弊のために、まともに生きる道を閉ざされながらもそれなりに面白く人生を生きようとした友人たちにこの芝の感触を味わせてやりたかった。美しい緑を維持するために絶えず噴出しているスプリンクラーの白い水しぶきを見ながらスタンドに戻る。

ナショナル・チームの代表にまでなりながらアクシデントで引退しなければならなかったグインさんにもひどい落胆と挫折の日々があったのだろうが、この力強い明るさとユーモアはなんだ。ドレッシング・ルームやシャワー室も見せてもらったが、日本の銭湯にあるような巨大な浴槽がある。かつては試合後に使っていたそうだが、エイズが蔓延してからは個人用のバスタブを使うようになったそうだ。スタジアムを出て、室内練習場と選手たちが勉強する教室なども見せてもらった。全天候型の室内練習場はあっと驚くほど広く、ボールを蹴ると乾いた音がいつまでも響いていた。これから会議があるので失礼するというグインさんは別れ際にトッテナムのユニフォームを記念にくれる。ユニフォームの入った紙袋をさげてホワイトレーンのメインストリートをしばらくぼんやりと歩く。ホテルに戻るにはまだ早い。スタジアムの中を走り回ったせいか喉が渇いた。考えてみれば朝ホテルで簡単な朝食をとってから何も胃袋に入れていない。なによりも、少し休みたい。うまい具合にパブの看板が目に飛び込んできた。

板を簡単に打ち合わせて作った塀の中にコンクリートの広い庭があり、木製の机とベンチがいくつか並べられている。開けっ放しのドアの横には大きな白鳥をデザインした看板が打ち付けられている。イギリスのパブに必ず白鳥やドラゴンなどの看板があるのは、かつてはその利用者の多くが字を読めなかったからだという。店の中は例によって薄暗い。二部屋をぶち抜いたようになっていて、奥の部屋のほうでは大勢の黒人がなにやらゲームに興じている。手前のほうの部屋はがらんとしている。カウンターにもたれかかって壁に掛かっているテレビ画面を見ていると、かつての大関、小錦関のお母さんのような女性が現れて注文を聞いてくる。エールを飲みながら何か食べるものはないか聞いてみる。女性は奥の部屋にいるこれまたがっちりした体格の男性を大声で呼びつける。やってきたのは精悍な顔つきをした五十代半ばの男で、丸太のような腕をカウンターの上につき、私の顔を覗き込みながら、「西インド風サラダならすぐにできる」という。十ポンドと値がはるが他に選択肢もないので私はすぐにＯＫを出し、パイント・グラスを抱えながら窓際の席に落ち着く。マールボロ・ライトに火をつけてから、テーブルの上に置いてあったイギリスの高級新聞「ガーディアン」紙を広げる。イギリスの経済は依然好調であるという見出しが躍っている。いったいどこが好調なのか私にはさっぱりわからない。ホームレスが町に溢れていても、各地で暴動が起きなければ好調というのだろうか。サッチャー以来、この国では富が一部の見えないところに吸い込まれてゆくようになった。国内の見えないところから、それはさらに海外の見えないところへと流れていく。「ガーディアン」紙を折りたたんでテーブルの上に戻し、今度は「デイリー・ミラー」紙をぱらぱらとめくってみる。リバプールの若きストライカーであるルーニーがマンチェスター・ユナイテッドに引き抜かれた記事が目立つ。

新聞からふと目を上げると、ひとりの中年の東洋人がにやにや笑いながらこちらを見ている。

何かを売って歩いているようだが、何を売っているのかはよくわからない。目が合っても近づいてくるわけでなし、なんとも薄気味が悪い。多分こちらが英語を話さないと思っているのだろう。そしてきっと向こうも日本語や中国語や朝鮮語といった東アジアの言語を話せないのかもしれない。タジキスタンから来ていた女の子で見かけがまったく日本人と同じやつがいたが、私はみかけだけで何人と考えるのを止めている。とにかく妙な感じだが、あえて話しかけることもないのでそのままにしていると、さきほどの西インドのおっさんがサラダを持ってきた。ロンググレイン・ライスにチリビーンズを混ぜ合わせたやつだ。これで十ポンドというのはちと高いが、ごま塩の髭面の奥にある温和な表情に負けてしまった。スプーンで口に持っていこうとすると半分くらいがぱらぱらと皿の上やテーブルの上にこぼれる。よく冷えた米と豆を食べながら、私は遠くカリブの波が島に打ち寄せる音を聞いているような気分になっていく。スプーンをおいてしばらく波音を聞いていると、心配したのか、おじさんがまたやってきて「味は大丈夫か」と聞いてくる。私は黙って右手の親指を軽く突き上げて微笑んだ。明日はロンドンとおさらば。しばらく戻ってくることはあるまい。

あとがき

本書は詩誌 gui 六十四号から七十五号までに発表したイギリスでの経験を綴った十二のスケッチを纏めたものである。連載開始が二〇〇一年十二月で終了が二〇〇五年八月。表題について弁明しよう。表題の一部になっている「日記」というのは今日流布している類のものではない。毎日毎日自分に何が起こったかを記録することに何の意味があるのかわからないが、この種の日記帳などを買ってきてほぼ毎日何かを書き綴ったことがある。それは淡々とした日々日常の記録ではなく不満や苦悩などの自称哲学的表現に堕すことが多く、そのほとんどはヒップスターに言わせるとゴミ《シット》だ。

機械技術の発達は恐ろしい。ほぼ毎日書く日記はなくなり、私たちは小型の電話機がついた軽量浮薄の電算機に毎日繋いでいる。そのために相当量の個人に関する情報がビッグ・データと呼ばれる恐ろしい大量記憶装置に吸い込まれている。つまり頭蓋骨に極細のストローを差し込まれ脳みそを吸い取られているのだ。

私の書いた日記は紀貫之の『土佐日記』のような物語だ。小説や映画と違って無理にクライマックスを創らなくてもよい。言語を用いて過去の経験を純化し、無意識の「私」に言語の衣装をまとわせて意識の世界に踊り出させる。過去の世界を再現するのだから記憶が大きな役割を果たす。私たちの意識は現在にあるので、記憶は現在の刺激や経験がきっかけになって立ち現れる。要はトワイライト・ゾーンだ。白色のバックライトを浴びながら無数の無限の輪が扇風機のように回転する円形のゾーンに両手を挙げて吸い込まれていく中年男の記憶が吐き出す連写は年表のようなきれいな時系列にはならない。現在の関心に近いところから無原則に呼び起こされ、しかも改竄を加えられていて相当不正確である。

では連写から見える世界とは何か。私は一九九四年の夏から九六年の夏にかけてイギリスに住む機会に恵まれた。帰国後も二〇〇〇年までに何度かイギリスを訪れた。gui にこの「日記」を書くことになったのは、奥成達の存在が大きい。この変わった名前を持つ同人誌は藤富保男と奥成、そして山口謙二郎が中心になって始めたアヴァンギャルドの詩誌で、当時の私の二人の親友《チング》のひとりであるジョン・ソルトがメンバーだった。もう一人の方の口うるさい批評家、鈴城雅文は奥成のことをまるでジャニス・ジョップリンのように敬愛していた。その奥成がイングランドのケンブリッジにまでわざわざ葉書を寄こして私を鼓舞したのだ。当時 gui の一番人気は吉田仁の「葉山日記」で、それに対抗してギャグ付の「ロンドン日記」を書けという軽いジャブだった。

「ロンドン日記」といっても、実際はグレート・ブリテン島やその周辺での二十世紀末の出来事を勝手気ままに綴ったものである。十九世紀の終わりは世紀末と言われたが、二十世紀の終わりはスキップされ、二十一世紀の到来を告げる「ミレニアム」ということばのほうが踊った。その意味では本書は大藪春彦風に言うなら復讐の弾道である。

gui のメンバーは洗練されているから、実験的で面白いものを書かないと笑われるよ、とアドバイスをくれたのはソルトだ。洗練はともかく、ここに納めた文章はピペラジン・オレンジを飲まされた私の世代とその前後の世代に読まれることを前提にして書かれた。いや、ほぼ奥成達に照準を当てたといってもよい。本文中に出てくる聞き覚えのない固有名詞の連発は世代の違う知識偏重の読者にとっては鬱陶しいであろうが、あえてそのままにしてある。リズムと思ってほしい。gui に長く「アイ・ガット・リズム」を連載していた奥成は書きっ放しにしないで、そろそろ本に纏めなさいよという葉書を寄こした。それからしばらくしたあと、無理な治療をやめることにしたという葉書が来た。そして達は異界に行ってしまった。だから、あっちでも、こっちでも「アイ・ガット・リズム」だ。

ここで終わるとカッコいいのだろうが、ハリウッド映画の本編が終わったあとに出てくるクレジットのように、本書が出来るまでにお世話になった皆さんへの謝意を忘れるわけにはいかない。本文の整理を手伝ってくれた倉田奈穂子、藤崎真央の二人。表紙の写真を提供してくれた上野泰子さん、そして何よりも思潮社の髙木真史さんに厚く長く御礼申し上げる。

二〇一八年春　著者　赤坂にて記す

田口哲也　たぐち・てつや

大阪大学大学院、英国ウォーリック大学大学院修了。現在、同志社大学文化情報学部教授。
著書に、『T・S・エリオットの作品と本質』、『ケネス・レクスロス中心の現代対抗文化』、
訳書に、ジョン・ソルト『北園克衛の詩と詩学——意味のタペストリーを細断する』（監訳）、
海外詩文庫『レクスロス詩集』（共訳）など。

ロンドン日記《にっき》　突然《とつぜん》ときれた記憶《きおく》

著　者　田口哲也
発行者　小田久郎
発行所　株式会社思潮社
〒一六二－〇八四二　東京都新宿区市谷砂土原町三－十五
電話〇三－三二六七－八一五三（営業）・八一四一（編集）
ＦＡＸ〇三－三二六七－八一四二
印刷・製本　創栄図書印刷株式会社
発行日　二〇一八年七月一日